文春文庫

名もなき日々を

髪結い伊三次捕物余話

宇江佐真理

文藝春秋

目次

名もなき日々を

髪結い伊三次捕物余話

◎主要登場人物

伊三次《いさじ》　廻りの髪結い職人。そのかたわら不破友之進の小者をつとめている。
お文《ぶん》　伊三次の女房で日本橋の芸者をつづけている。
伊与太《いよた》　伊三次とお文の息子。絵師になるため修業中。
お吉《きち》　伊三次とお文の娘。
不破友之進《ふわとものしん》　北町奉行所臨時廻り同心。
不破龍之進《ふわりゅうのしん》　北町奉行所の定廻り同心。友之進といなみの息子。
いなみ　友之進の妻。
茜《あかね》　友之進といなみの娘。松前藩の上屋敷へ奉公に上がっている。
きい　龍之進の妻。
九兵衛《くへえ》　伊三次の弟子。
松助《まつすけ》　不破家の中間から御用聞きに。
おふさ　松助の妻。伊三次の家の女中。
佐登里《さとり》　身寄りがなかったが、松助、おふさの元で息子として育てられている。

俯《うつむ》かず

一

二月も終わりだというのに、吹く風は身を切られるように冷たかった。数日前には雪まで降った。

雪は、さすがに積もることはなかったものの、この様子では例年より桜の開花が遅くなりそうだった。その日も終日曇天《どんてん》で、気温もかなり低かった。七つ（午後四時頃）過ぎの北町奉行所は、おおかたの役人達は務めを終えて帰宅している。しかし、同心部屋だけは殺気立った空気に包まれていた。およそ二十人の男達が捕縛《ほばく》の準備に余念がなかった。吟味《ぎんみ》方《かた》与力の片岡監物《かたおかけんもつ》は羽織袴《はかま》を脱ぎ捨て、尻端折《しりっぱしょ》りした着流しに後ろ鉢巻《はちま》き、白木綿の襷《たすき》、帯の上には胴締め、足許は草鞋《わらじ》履きという恰好である。

一方、同心は麻裏《あさうら》の鎖帷子《くさりかたびら》を黒の半纏《はんてん》の中に着込み、同じく鎖の入った鉢巻きに白木綿の襷、黒の股引《ももひ》き、脚絆《きゃはん》、小手《こて》、脛当《すねあ》て、草鞋履きという万全の出で立ちだった。伴《とも》の物持ちは紺《こん》無地の法被《はっぴ》に千草《ちぐさ》の股引き、手には長い棒を携《たずさ》えている。監物付きの二人の若党と草履《ぞうり》取りも同じような恰好で監物の後ろに控えていた。

数年前より、本所《ほんじょ》の妙宣寺《みょうせんじ》という寺で大掛かりな賭場《とば》が開かれていた。場所が吾妻橋《あずまばし》を渡ってすぐなので、浅草近辺からも客が通《かよ》って来ているという。近頃は大っぴらに賭場が開かれる日時まで触《ふ》れ回っていた。胴元は上州から流れて来た渡世人で、最初は人目を避けるように賭場を開いていたのだが、取り締まりがないのをいいことに、次第に大胆になって行った。今では賭場が開かれている様子が外からでもはっきりとわかる。

博打《ばくち》はもちろん、ご法度《はっと》である。胴元も客も捕まれば罪に問われる。しかし、町奉行所が今まで取り締まることができなかったのは、寺内で行なわれることは寺社奉行所の管轄《かんかつ》だったからだ。

その件に関して、北と南の両奉行所は度々、寺社奉行に取り締まりを促《うなが》していたのだが、一向に腰を上げる様子はなかった。寺社奉行の任免は定期的に行なわれる。寺社奉行が他の部署に移る時、配下の者を引き連れて異動するので、新任奉行は、実態をすぐには把握できないという理由もあった。また、前任奉行の関わった事件は前任奉行の責任だから、敢《あ》えて新任奉行が手掛ける必要はないとも考えていたようだ。

その点、町奉行所は奉行が誰に代わろうとも事件は引き継がれて行く。北町奉行所の隠密廻《おんみつまわ》り同心緑川鉈五郎《みどりかわなたごろう》は妙宣寺の探索を密《ひそ》かに続けていた。いずれ北町奉行所が取り締まりを敢行する機会もあろうかと考えてのことだった。その機会がようやく訪れていた。

妙宣寺の住職は胴元から寺銭《てらせん》が入り、それが結構な金額になると、かねてより希望していた寺の修復工事を始めた。住職は賭場を開くために寺の一部を貸したくはなかったが、何分にも先立つものがなく、檀家《だんか》の援助も期待できなかった。背に腹は代えられず、人目を気にしながらも胴元の言いなりになっていたのだ。

妙宣寺の本堂の周囲に足場が組まれ、大工や左官、屋根屋などの職人が慌ただしく出入りするようになると、さすがにその状況で賭場を開くのは無理と考えた胴元は江戸市中に適当な場所を探し、元は醤油問屋《しょうゆといや》だった商家が空き家となっていたので、そこを借り受けたという。それは緑川の息の掛かった岡っ引きからの情報だった。寺でなければ、町奉行所は踏み込んで捕縛できる。賭場が開かれるのはその夜だった。奉行所の動きが知られる前に迅速に行動しなければならない。捕吏《ほり》の誰しもが色めき立っていた。

定廻《じょうまわ》り同心の不破《ふわ》龍之進《りゅうのしん》は身拵《みごしら》えを調《ととの》え、最後に鎖の入った鉢巻きを締めた。鎖の冷たさに思わず頭が痺《しび》れた。捕吏の中には妻のきいの弟である笹岡《ささおか》小平太《へいた》も入っていた。小平太は見習い同心である。見習いの内は様々な雑用をこなさなければならないし、もちろん、捕物があれば捕吏にも加わる。この度も龍之進と奉行所内の廊下ですれ違った際、捕吏に加われと命じられた。いやとは言えない。龍之進は先輩同心であるし、義理の兄でもある。

　しかし、他の見習いで声が掛かった者はいなかった。龍之進は小平太に様々な経験をさせようと気遣っていた。それはとてもありがたかったが、時には迷惑なこともあった。その夜は朋輩《ほうばい》の母親がぼたん鍋を馳走してくれることになっており、小平太は大層楽しみにしていたのだ。これでぼたん鍋にありつくこともできなくなった。

　小平太も龍之進と同じ恰好で待機していたが、緑川鉈五郎はその場にいなかった。隠密廻りは探索が主で直接の捕縛はしないことになっている。それはいいとして、あまりに捕物への出動が慌ただしく進められたことに小平太は一抹の不安を感じていた。いつもなら、少なくても数日前から同心達が綿密に話し合いをし、誰がどう動くかも確認していたからだ。だいたい、場所もはっきりと把握していなかった。龍之進は行けばわかると言っていたが。

「不破さん、相生町《あいおいちょう》の空き家ということですが、本所の相生町にそんな所がありましたかねえ」

　小平太は怪訝《けげん》な表情で訊《き》いた。

「元は醬油問屋だったそうだ。店の構えも相当にでかいから、すぐにわかる」

　龍之進は同じ言葉を繰り返した。

「ですけど、昼にその話を聞かされて、すぐに捕縛になるなんて、急過ぎませんか。もう少し確かめてもいいと思いますけど」

「うるさい！　四《し》の五《ご》の言うな。緑川は急げとおれに言ったのだ。そうでなければ機会を逃《のが》すとな。それともお前はいやなのか？　いやなら外れろ」

「べ、別にいやとは言ってませんよ」

小平太は龍之進の剣幕に気圧《けお》され、それ以上、何も言わなかった。賭場が開かれる時刻は暮六つ（午後六時頃）からである。奉行所付きの中間《ちゅうげん》が拵えた握りめしを腹に入れると、一行は呉服橋御門内《ごふくばしごもんうち》の北町奉行所を出て、両国橋へ向かった。相生町は両国橋を渡り、竪川《たてかわ》に架《か》かる一ツ目橋近くの界隈《かいわい》である。敵に気づかれないように御用提灯《ちょうちん》は直前まで点《つ》けない。

そうして、陽《ひ》が落ちて辺《あた》りがとっぷりと暮れた頃、一行は幾つかの組に分かれて相生町周辺を固めた。しかし、どうした訳か問題の商家が見つからなかった。二ツ目橋まで進み、念のため自身番に詰めていた岡っ引きに訊くと、そんな空き家はないという。この辺りはやっちゃ場（青物市場）なので、青物屋が軒《のき》を連ねている。空き家があれば、すぐに借り手が現れるだろうと岡っ引きは言った。だいたい、捕物があることさえ、あっしは聞いておりやせんぜ、と皮肉っぽく言い添えた。

場所を間違えたと気づいたのはその時だった。本所の相生町ではなく、神田相生町ではないか、と捕吏の一人が声を上げた。龍之進は唇を嚙んだ。気がはやり、緑川に確かめなかったことが間違いだった。なまじ妙宣寺が本所にあるので、相生町と聞かされると本所のことだと思い込んでしまったのだ。捕吏の先導は龍之進が取っていた。言い訳は通用しなかった。それから急ぎ神田の相生町へ向かったが、その前に町方の手入れがあると情報が回ったらしく、問題の商家には人っ子一人いなかった。一行は意気消沈して奉行所へ戻った。

「勘違いは誰にでもある。不破、気にするな」

片岡監物は慰めてくれたが、龍之進の気持ちは重かった。鉈五郎に文句を言ったところで始まらない。おれは神田と言ったぜ、おぬし、その若さですでに耳が遠くなったのかと、せせら笑われるだけだろう。首尾よく胴元を捕縛すれば北町奉行より報奨金が渡されるだろうと、あさはかにも目論《もくろ》んでいた。そんな自分が龍之進は恥ずかしかった。何より、義弟の小平太の白けたような眼がこたえる。穴があったら入りたかった。

二

翌日。伊三次《いさじ》の女房のお文《ぶん》は朝から探しものをしていた。長火鉢の抽斗《ひきだし》を開けたり、棚の上を見たり、奥の部屋を何度も行ったり来たりしていた。昨夜、お座敷から戻り、着替えをする前に莨《たばこ》で一服し、茶を飲んだ。その時、帯に挟《はさ》んでいた紙入れを取り出し、そこら辺に置いたのだが、どこに置いたのか記憶がないという。

「お内儀《かみ》さん、落ち着いてよく思い出してごらんなさいまし」

女中のおふさの声もお文はうわの空で聞いていた。

「おかしいねえ。昨夜はさほど酔っちゃいなかったのに」

見つからないとなると、周りに疑いを向けるのが人のくせだ。

「お前さん、見なかったかえ」

お文は台箱《だいばこ》の商売道具を確かめている伊三次に訊いた。

「知らねェよ。落としたんじゃねェのか」

「家までちゃんと帯に挟んでいたんだ。落とす訳がない。伊与太《いよた》だろうか」

伊与太は絵の師匠が病《やまい》で床《とこ》に伏せっているので、回復するまで一時、家に戻っていた。

「何んで伊与太がお前《め》ェの紙入れに用があるのよ」

伊三次は怒気《どき》を孕《はら》んだ声で言った。

「だってさあ、小遣いが足りなくなって、思わず失敬したかも知れないじゃないか」

「伊与太ちゃんは、そんなことをする人じゃないですよ」

おふさも声を荒らげて伊与太の肩を持った。

「お前かえ？」

お文は納豆めしを頰張《ほおば》っている娘のお吉《きち》にも訊く。

「ひどい、おっ母《か》さん。あたしを疑うなんて」

お吉は悔しさで眼を潤ませた。おふさに同じことを訊《たず》ねなかったのは、さすがに口に出せなかったのだろう。そんなことをした日には、おふさはすぐに女中をやめさせていただきます、と言うはずだ。

「幾ら入っていたのよ」

道具を納めて伊三次は訊いた。

「小粒（一分）がふたつに、一朱（一両の十六分の一）がみっつ、それに四文銭が二、三十ばかりだ」

「大金じゃねェか」

「ああ、大金だ。だから慌てているのさ。それがなければ、わっちは一文なしだ。晦日《みそか》は忙しくて店賃《たなちん》を払う暇がなかったんで、今日、明日にでも大家さんに届けようと用意していたんだよ。それと呉服屋の支払いもあったし」

お文は言いながら、簪《かんざし》で髷《まげ》の根元をがりがりと掻いた。

「あたし、炭町《すみちょう》の伯父さんの所に行って来る。向こうでお昼を食べるから、おふささん、あたしのお昼ごはんはいらないよ」

お吉はぷりぷりして、台所に使った食器を片づけた。それから、いつものようにおこげの握りめしを拵え始めた。伊三次の義兄の十兵衛《じゅうべえ》はお吉の拵える握りめしを楽しみにしている。

「きぃちゃん、沢庵《たくわん》は戸棚の中の小丼《こどんぶり》に入ってますよ」

おふさが声を掛けると、わかった、と返答があった。

「銭がねェなら、お前ェも困るだろう。おれもさほど持っちゃいねェが、百文ぐれェならある。晩めしの仕度はそれで間に合わせな」

伊三次が見かねてお文に言うと、助かるよ、とお文は応えた。伊三次は自分の紙入れからざらざらと小銭を出して長火鉢の猫板《ねこいた》に置いた。弟子の九兵衛《くへえ》がやって来て、伊三次は九兵衛とともに亀島町《かめじまちょう》の不破家に朝の髪結いご用をするために向かった。紙入れはその内に出て来るだろうと、伊三次はさほど心配していなかった。

「本日、若旦那様はお身体の調子がよくないのでお務めをお休みになるそうです。伊三次さん、旦那様のおぐしだけでよろしいですよ」

勝手口から声を掛けて中に入ると、女中のおたつがそう言った。

「大丈夫ですかい。昨夜はやけに冷えましたんで、若旦那は風邪でも引いたんでしょうかねえ」

心配そうな伊三次に、おたつは白けた表情で「それがですねえ……」と何か言い掛けたが、龍之進の妻のきいが台所にやって来たので慌てて口を噤《つぐ》んでしまった。

「お早うございます。ささ、どうぞ中へ。お舅《と》っ様がお待ちですよ」

きいは、にこやかな笑顔で伊三次と九兵衛を促した。伊三次はこくりと頭を下げて雪《せっ》駄《た》を脱いだ。

「おたつさん、お湯は沸いているかしら。うちの人がお茶を飲みたいそうなの」

「はいはい、鉄瓶のお湯は沸いておりますよ」

「よかった」

「若旦那様は、朝ごはんは召し上がらなくてよろしいのですか」

「食べたくないそうなの」

「そうですか……おなかがお空きになったら、いつでもおっしゃって下さいまし。すぐにご用意致しますから」

「ありがとう、おたつさん」

きいとおたつの話を聞きながら、伊三次と九兵衛は庭の見える書物部屋へ向かった。

「あの若旦那がめしを喰わねェってのも珍しいですね。相当に具合が悪いんでしょうか」

九兵衛は心配そうに言った。

「だな」

伊三次も低く相槌《あいづち》を打った。

寝間着姿の不破友之進《とものしん》は仏頂面《ぶっちょうづら》だった。そういう時は、もの言いに気をつけなければならない。かと言って黙って仕事をする訳にも行かないので困る。九兵衛は龍之進の髪結いがないので、伊三次の横に控え、道具を渡す手助けをしてくれた。不破の妻のいなみは、朝から庭に出て樹木の手入れをしている様子だった。

「若旦那は本日、お休みだそうで」

さり気なく切り出すと、不破は、ふん、と鼻を鳴らした。

「捕物御用で下手《へた》を打ったらしい。皆に顔向けができねェんで、休んだのよ」

仏頂面の理由はそれだったらしい。

「下手を打ったとは、下手人でも取り逃がしたんですかい」

「まあ、それと似たようなもんだ。賭場の手入れに出かけたまではよかったが、場所を間違えたのよ」

「場所を間違えたんですかい？」

「神田相生町に行くところを本所の相生町に向かったのよ」

「あちゃあ」

「昨日今日、奉行所に上がった見習いでもあるまいし、そんな初歩的な失態《しったい》を演じるとは呆れ果てた奴だ。気が弛《ゆる》んでいたのだろう」

不破は苦々しい表情で言う。江戸には同じ名前の町が多い。相生町もそのひとつだが、混乱を避けるため、神田相生町、本所相生町と、上に土地の名前をつけて呼んでいる。

相生町とだけ聞くと、伊三次も神田より本所のほうを頭に浮かべてしまう。本所の相生町は一丁目から五丁目まである広い地域で、二ツ目橋界隈は、やっちゃ場があることで有名だったからだ。龍之進も相生町と聞いて、咄嗟《とっさ》に本所だと思ったらしい。そういう間違いは誰にでもあるものだが、もちろん、捕物となったら許されない。伊三次は龍之進に同情を寄せながら、同名の町のことを考えていた。

八名川町《やながわちょう》は神田と深川にある。柳町《やなぎちょう》は市谷《いちがや》と京橋と小石川《こいしかわ》に。久保町《くぼちょう》は青山《あおやま》、芝《しば》、三田《みた》、小石川、大塚にもある。小松町《こまつちょう》は日本橋と深川。田町《たまち》は赤坂、浅草、市谷、芝、本郷菊坂《ほんごうきくざか》と五町だ。七軒町《しちけんちょう》に至っては八町も数えるのではないだろうか。

「まあ、お前ェも聞き込みする時は、よくよく場所を確かめるこった。おれはこれから奉行所に行って、倅《せがれ》の不始末を詫《わ》びて回らねばならぬ」

「旦那も、てェへんだ」

「まあ、一応、親だからな」

不破は苦笑いして言った。

仕事を終え、伊三次と九兵衛は不破の家を後にした。九兵衛はそのまま炭町の「梅床《うめどこ》」へ向かい、伊三次は深川の丁場《ちょうば》（得意先）を廻るため永代橋《えいたいばし》に足を向けた。最近の九兵衛は贔屓《ひいき》の客もついていると伊三次の姉のお園《その》が言っていた。たった一人の弟子だが、何んとか一人前にすることができたようだ。梅床はお園の連れ合いが営む見世《みせ》だが、連れ合いの十兵衛が中風《ちゅうぶう》に倒れてから伊三次は手助けするようになった。とはいえ、伊三次は廻《まわ》り髪結いなので、梅床にばかりはいられない。九兵衛は伊三次の代わりに、日中は梅床に詰めていた。口には出さないが、九兵衛には大いに感謝していた。

いつもの朝だった。女房のお文と龍之進にちょっとした不運はあったものの、伊三次にとっては、普段と変わらない朝だった。深川には干鰯《ほしか》問屋、材木商の主、下駄屋の主と、十年以上も仕事をさせて貰っている客がいる。

滞《とどこお》りなく暮らして行けるのも客のお蔭である。

雲の隙間《すきま》から薄陽《うすび》が射して来て、昨日よりも寒さは和らいで感じられる。大川と、その向こうに拡がる江戸湾の海を横目に眺めながら、伊三次はのんびりと永代橋を渡っていた。

しかし、橋の中央辺りに来た時、息子の伊与太と同じぐらいの若者達が諍《いさか》いをしているのが眼についた。しゃがみ込んでいる一人を四人が盛んに小突いたり、足蹴《あしげ》にしていた。

やり過ごそうとしたが、標的にされた若者が鼻血を出していたので、伊三次は欄干《らんかん》の傍《そば》に商売道具の入った台箱を置くと「やめなせェ」と制した。

「放っといてくんな、おっさん」

一番年上らしいのが生意気な口を利いた。

「放っとけねェな。四人が束になって一人を苛《いじ》めるなんざ、男のすることじゃねェ。喧嘩するなら差《さ》しでやれ」

「うるせェ！」

伊三次に拳骨《げんこつ》を向けて来たので、伊三次はそれを躱《かわ》し、手首を摑んで背中に抑《おさ》えつけた。

若者は痛みに呻《うめ》き、ようやく、勘弁しておくんなさい、と謝《あやま》った。

「本当にわかったんだな。こんな所で揉《も》め事を起こせば、往来する人の邪魔になる。今度から気をつけろ」

伊三次はそう言って、手を放した。他の三人は伊三次に懲《こ》らしめられた若者を気遣いながら深川方向へ去って行った。

「おい、大丈夫か？　鼻血が出ているぜ」

伊三次は足を投げ出して座り込んでいる若者に声を掛け、懐から鼻紙を取り出した。その若者は、ぼんやりして覇気《はき》のない表情だった。

「ほらよ」

鼻紙を差し出しても受け取ろうとしない。それどころか、うるさそうに伊三次の手を振り払った。

「何んだ、手前ェは」

むっとして若者を睨《にら》むと、誰が助けてくれと言ったよ、と憎々しい言葉が返って来た。それから、着物の袖でずるりと鼻の下を擦《こす》り、立ち上がったと思ったら、礼も言わず、四人の若者達の後を追うように深川へ向けて走り去った。

やれやれ。本当に余計なことをしちまった、と伊三次は苦笑いした。当節の若者気質《かたぎ》を嘆いても仕方のないことだが、自分がその年頃には、まだしも礼儀は心得ていた。すんませんのひと言ぐらい、なぜ言えないのだろうと思った。

ため息をついて台箱を取り上げようとした途端、伊三次は青ざめた。ないのだ。商売道具の入った台箱が。辺りをきょろきょろ探しても、台箱の影も形もなかった。あんな物を持ち去ったところで、髪結い職人以外は用がないはずだ。さっきの若者達だろうか。伊三次に懲らしめられた腹いせに持ち去ったのか。

彼らの後ろ姿は見ているが、台箱を持っていたかどうかまでは覚えていなかった。遠くに眼を向けても、若者達の姿はすでに見えなかった。伊三次はどうしてよいかわからなかった。混乱してもいた。

とり敢えず、深川へ行き、門前仲町《もんぜんなかちょう》に詰めている土地の岡っ引きの増蔵《ますぞう》に事情を説明しようと思いついたのは、小半刻《こはんとき》（約三十分）も経ってからである。その間、伊三次はうろうろと橋の上で台箱を探し回っていたのだ。

増蔵に話を通しておけば、それとなく気をつけてくれるはずだ。伊三次は、肩を落とし、とぼとぼと深川へ歩いた。

三

深川に、はっきりと約束していた客がいなかったのが幸いだった。定期的に廻っているので、伊三次の訪れをそれとなく待っていたはずだが、その日は何か他に用事ができたのかも知れないと、鷹揚《おうよう》に考えてくれるだろう。

だが、その日はよくても、翌日からどうするか。伊三次の悩みは尽きなかった。剃刀《かみそり》や櫛《くし》などは手持ちのものがあったが、それを収める台箱がないのでは恰好がつかない。買うとなったら台箱も大層高直《こうじき》だし、腕のいい指物師《さしものし》に注文してもふた月やみ月は掛かる。深川からの帰り、伊三次は何度もため息をついた。

こうなれば、九兵衛を伊三次の丁場に行かせ、自分は梅床の客を捌《さば》くしかない。しかし、長年なじんだ台箱を失うことになるとは思ってもいなかった。人生にはこんなことも起きるのかと、心底、情けなかった。二十歳《はたち》前から使っていた台箱は年月で古びていたし、細かい疵《きず》も幾つかあった。その疵さえいとおしいと、改めて思う。深川の増蔵は、すぐに出て来るさ、と伊三次を慰めてくれたが、持ち去ったのが、あの若者達だとしたら、大川に放り投げたかも知れないのだ。水を被《かぶ》った商売道具は、もはや使いものにならないだろう。台箱そのものも水気を吸って、あちこち歪《ゆが》んでしまう。諦めようとしても諦め切れなかった。まるで手足をもがれたように伊三次の気持ちは重く沈んでいた。

家に戻ると、お文が待ち構えていたように、お前さん、紙入れがあったんだよ、と笑顔で言った。

長火鉢の傍に置いた紙入れは、立ち上がった時に、うっかり蹴飛ばして台所の土間に敷いた簀子《すのこ》の下にもぐり込んでしまったらしい。

「見つかってよかったな」

伊三次は気のない声で応えた。

お文は笑顔を消し、心配そうな表情になって訊く。

「何かあったのかえ。浮かない顔だ」

「ああ……」

「いったい、どうしたのさ」

「台箱をなくしちまった」

「ええっ？」

「おれも焼きが回ったらしい」

お文は台箱をなくした経緯《いきさつ》を詳しく聞きたがったが、伊三次は何も喋る気がしなかった。

お八つを食べていた娘のお吉は二人の話を聞いていたが、ちょっと忘れものをしたから、もう一度、炭町へ行って来ると立ち上がった。

「明日におし」

お文は制したが、お吉は言う通りにしなかった。

「伊与太は？」

姿の見えない伊与太のことを伊三次は訊いた。

「それがねえ、芝の先生が危篤だと知らせが来て、慌てて向こうに行ったよ」

「今日は何んて日だ。ろくなことが起こらねェ」

「本当だね」

お文も力なく相槌を打った。

「こんな日は、ごはんをたくさん召し上がって、さっさと寝ることですよ」

流しの前で洗いものをしていたおふさが振り返って伊三次に言う。

「おふさの言う通りだ。そういや、昼めしも喰ってねェ」

伊三次はくさくさした口調で応える。

「あら、大変。晩ごはんは早めにご用意致しますね」

おふさは洗いものを早々に切り上げ、竈《かまど》に火を入れた。

　お吉は半刻（約一時間）ほどして、大きな風呂敷包みを背負って戻って来た。

「ずい分大きな忘れものだねえ」

　お文はからかうように言った。

「結構、重かった。これに道具を入れたら、さらに重くなる。お父《と》っつぁんの仕事も大変だと初めてわかったよ」

「何よ、それは」

　伊三次は怪訝な眼でお吉に訊いた。

「炭町の伯父さんが使っていた台箱よ。古いけれど、まだまだ使えるって」

「お前ェ、おれが台箱をなくしたのを喋ったのか？」

　十兵衛には、台箱をなくしたことを知られたくなかった。

「うん。災難だったなあって同情していた」

「………」

　十兵衛がそんなことを言うとは意外だった。以前の十兵衛なら、いい気味だと言わんばかりに鼻でせせら笑ったはずだ。病に倒れてから心持ちも変わったのだろうかと思った。

「伯母さんが、すぐに納戸から出してくれたの。当分はこれで間に合わせろって」

「お吉、いいことをしたねえ。お父っつぁん、大助かりだよ」

　お文は大袈裟なほどお吉を持ち上げた。

「だから、お父っつぁん、あんまりがっかりしないでね。形あるものは、いつかは壊《こわ》れてなくなるものだって、笠戸《かさど》先生もおっしゃっていたから」

　お吉は手習所《てならいどころ》の師匠が言った言葉で慰めた。

　胸にぐっと来ていた。目頭が熱くなる。娘の前で涙は見せたくなかったが、堪《こら》え切れなかった。

「きィちゃん、親孝行しましたね」

　おふさも貰い泣きしながら言う。

「娘はいいものだ。お前さん、わっちもお吉を産んでよかったよ」

　お文も感激して言った。

「都合のいい時だけそんなことを言うのね」

　お吉は、すねた表情をして見せた。

「そうじゃないよ。お吉はお父っつぁんのために、何んとかしてやりたいと思って炭町に行ったんだろ？　その心根がありがたいのさ。お吉は優しい子だよ」

　お文の褒《ほ》め言葉に、お吉は嬉しそうに笑った。

「これで明日からの仕事が滞りなくできる。お吉、恩に着るぜ」

しゅんと洟《はな》を啜《すす》って、伊三次は礼を言った。

「お父っつぁんに改まってお礼を言われると、あたし何んだか恥ずかしくなる。もうやめて」

お吉は照れた顔で言った。

十兵衛の使っていた台箱は、古びていたが、しっかりした造りで、保存もよかった。これでひと安心というものだが、身体の一部のようだった自分の台箱がないのは、やはり寂しかった。

「炭町の伯父さんと伯母さんに、あたしも髪結いになろうかなって言ったら、二人一緒になって反対するの。女髪結いは度々、お上の取り締まりがあるから、しょっ引《ぴ》かれて牢屋に放り込まれるって。どうして男の髪結いがよくて、女髪結いは駄目なの？」

お吉は、ふと思い出したように訊いた。

「それはね、女は自分で髪を結うのが当たり前で、人に髪を結わせるのは贅沢だとお上は考えているのさ」

お文はそう応える。

「おっ母さんは女髪結いを頼むじゃないの」

お吉は不満そうに口を返した。

「わっちは芸者をしているから、町家のおかみさんと同じにされても困る。ちゃんとした頭をしていなきゃ、お客様に失礼だよ」

「やっぱり、女髪結いも世の中には必要なんじゃないの」

「だけど、取り締まりがあるのは本当のことだから、それを炭町の伯父さんと伯母さんは心配しているんだよ」

「女髪結いのお勝《かつ》さんも取り締まりの噂を聞いて、十日ばかり親戚の家に隠れていたことがあると言ってましたねえ。それでも、一貫（千文）も罰金を取られたんですって。最近は、そんなことも少なくなりましたが」

おふさはお文の頭を結う女髪結いのことを思い出して口を挟んだ。

「あたし、梅床で仕込んで貰おうと思っていたのだけど、伯父さんと伯母さんが反対するんじゃ駄目ね。いっそ、芸者になろうかなって言ったら、伯父さん、お前のようなおへちゃには無理だって。ひどいでしょう？　あたし、夢も希望もなくなったよ」

お吉はがっかりした表情で言った。

「どうしても髪結いをやりたかったら、やればいい。牢屋に入ることも罰金も覚悟するなら、おれが仕込んでやるぜ。女髪結いはそれを必要とする者がいる限り、なくならねェ。その内に、お上の法も変わるかも知れねェしよ」

伊三次は思い切って言った。お前さん、お文が低い声で制した。

「梅床の義兄《にい》さんと義姉《ねえ》さんには何んて言うのさ」

「大っぴらに看板を揚げて商売するんじゃなくて、手に職をつけておけば、いざという時、役に立つって話すさ。きっと二人も得心するはずだ」

「そうだろうか」

お文は心配顔だった。

「お父っつぁん、本当にいいの？　手習所の友達は、そろそろ奉公に出たり、裁縫の稽《けい》古《こ》に精を出したりするようになったの。あたしも十二歳になったから、先のことを考えなきゃならないのよ」

「明日、炭町に話を通す。お吉はこれから梅床で下働きをしながら髪結いの修業をするんだ」

「嬉しい！」

お吉は胸に掌《て》を当てて、喜んだ。

「きィちゃん。これからは梅床に遊びに行くんじゃないんですからね。しっかりして下さいよ。色々、辛いことがあるかも知れないし」

おふさは心配そうに言った。

「お父っつぁんの台箱がなくなったことから、話がとんでもない方向に行っちまったよ。こんなこともあるんだね」

お文は心寂しいような表情で言った。

「いつまでも子供だと思っているから駄目なんだ。いつかは了簡《りょうけん》しなけりゃならねェ時が来る。それが今だってことだ。伊与太が絵師の修業をしたいと言った時もおれ達は心配したじゃねェか。だが、案ずるより生むが易い、という諺《ことわざ》もある。何んとかなるものよ」

伊三次はそう言ってお文を慰めた。

「伊与太のおっ師匠《しょ》さん、持ち直しただろうか。もしもの時には、伊与太はこれからどうすればいいんだか」

ひとつ悩みが済めば、またひとつ悩みができる。どこまで行っても切りがない。伊三次とお文は同時にため息をついた。それが可笑《おか》しかったのか、お吉は笑い声を立てた。これッ、とおふさが怖い顔で叱った。

四

ひと廻り（一週間）ほど経っても伊三次の台箱が見つかったと連絡は来なかった。気にはしていたが、伊三次には、こなさなければならない仕事があった。仕事をしていれば気懸《きが》かりは忘れられた。伊与太は芝の師匠の家に行った切り、何も連絡がなかった。お文はおふさと相談して、寝間着にする木綿の反物を三反届けていたが、それを仕立てる間もなく、師匠は危篤に陥《おちい》ったらしい。毎朝、お文は神棚に師匠の回復を祈っていた。

三月に入ってしばらく経《た》った頃、深川の船宿の船頭が伊三次の家を訪れて来た。ちょうど、伊三次も仕事を終え、これから晩めしを食べようとしていた時だった。

「門前仲町の親分よりお届けものでございやす」

五十がらみの船頭は目脂《めやに》の浮いた眼をしょぼしょぼさせて、おずおずと言った。手には風呂敷包みを携えていた。伊三次はすぐに台箱だと当たりをつけた。

「見つかったんですね。届けは出しておりやしたが、半ば諦めていたんですよ」

伊三次は船頭を招じ入れて言った。

「商売道具をなくしたんじゃ、さぞお困りでしたでしょう。佐賀町《さがちょう》の自身番に届けられていたんですよ。永代橋を歩いていた人が落しものだと思ったらしいです。自身番では、さっぱり持ち主が現れねぇんで、どうしたものかと案じていたところ、今朝、仲町の親分が顔を出して、こちらさんのものだとわかった次第で。それで、見世のお内儀さんと親分は顔見知りだったもんで、舟を頼んで来たんでさァ。親分が自ら届けるつもりだったんですよ。ですが、あっしはこっちに用事があったもんで代わりに引き受けやした」

「いや、助かりやした。ささ、茶でも飲んで下せェ」

「そうもしていられやせん。これから日本橋に客を迎えに行かにゃならねぇんで」

船頭は伊三次の勧めをやんわりと断った。

伊三次は気が済まないので、後で一杯飲んでくれと幾らか小銭を渡した。とんでもねェ、と船頭は遠慮したが、伊三次は無理に手に握らせた。船頭は何度も頭を下げて帰って行った。

永代橋で若者達の諍いを止めている間に、台箱に気づいた人が、わざわざ自身番に届けたのだろう。小さな親切が大きなお世話となったが、届けた者を責められない。そのことで色々、考えることもあった。禍《わざわい》を転じて福となす、伊三次は古い諺を胸で呟《つぶや》いた。この中《じゅう》から、諺ばかり遣っていやがる。伊三次は皮肉な気持ちで思った。ひとつ悟ったことは、いつも当たり前に傍にあるものが、明日もあるとは限らないということだ。その時におたおたしてはいけない。別の方法があるさ、と太っ腹に構えているのが肝腎《かんじん》だ。何んとかなる。伊三次は改めてそう思った。

湯屋から戻ったお文とお吉は台箱が見つかったことを喜んだ。おふさも自分のことのように喜んでくれた。伊三次は久しぶりに晴々とした気分だった。

八丁堀・亀島町界隈は、まだすっかり暮れ切っておらず、空は薄青かった。一番星がやけに光って見えた。

見習い同心の笹岡小平太は務めを終えると、京橋の剣術の道場へ稽古に行き、その帰りに亀島町の与力・同心の組屋敷前に立っていた。

その中には姉の嫁《とつ》ぎ先である不破の家があった。小平太は、姉に用事はなかった。用事があったのは姉の連れ合いの不破龍之進だった。
用事というのも適切な言葉ではないだろう。小平太はひと言、言いたいことがあった。捕縛の失態をしてから、龍之進は奉行所内でも人の眼を避けるようにこそこそしている。そういう龍之進を小平太は見たくなかった。

まあ、奉行所内では色々、噂する者もいた。あの失態がなければ賭場の胴元をしょっ引けたはずだ、返すがえすも口惜しいとか、あいつは昔から人の話をろくに聞かないところがあったから、こんなことになるのだ、とか。

ひとつの失態は、その前の数々の手柄さえ帳消しにしてしまう。奉行所とは恐ろしい世界である。

結局、奉行所の人間も己《おの》れの立場さえ安泰なら他は構ったことではないという手前勝手な連中が揃っているのだ。あの時の捕縛は確かに急だったが、定廻りの同心で捕吏に参加したのは龍之進だけだった。後は用事があると言って辞退した。吟味方同心の古川《ふるかわ》喜六《きろく》と見習いの頃に龍之進を指導したという与力の片岡監物が快く引き受けてくれただけで、おおかたは奉行所つきの中間ばかりだった。首尾よく行かなかったからと言って、龍之進を責める資格がどこにあるかと思う。その者達が参加していれば、本所の相生町でなく、神田相生町と気づいたのか。恐らく、他のぼんくら達だって気づきはしまい。

それに隠密廻りの緑川鉈五郎も、ちゃんと念を押せばよかったのだ。それもしなかったくせに、下手を打った、下手を打ったと皮肉な顔で吐き捨てた。

何も言い返さない龍之進が小平太には情けなかった。あれから何日も経つのに、龍之進は以前の元気を取り戻していなかった。このままだと心労で、本当に具合を悪くしてしまいそうだった。

組屋敷前を何度か行ったり来たりした後で、小平太は唇を嚙み締めて中へ入った。不破の家は組屋敷の奥のほうにある。

玄関前に着くと、中間の和助《わすけ》が「あれ、笹岡様の坊ちゃん」と、声を掛けた。和助は以前、米屋の手代をしていた二十二歳の若者である。柔らかいもの言いをするので、小平太は和助に好感を持っていた。

「義兄上《あにうえ》はお戻りか」

小平太は慇懃《いんぎん》な態度で訊いた。

「へい。小半刻前にお戻りになりやした」

「取り次ぎを頼む」

「へ、へい……」

何んの用事かと訝《いぶか》るような目つきで和助は応え、勝手口から中へ声を掛けた。小平太は掃除の行き届いた玄関前で、その間、じっと待っていた。

やがて、戸障子を開けて顔を出したのは姉のきいだった。

「どうしたの？　うちの人に用事？」

「うん」

「中にお入りなさいまし」

「晩めし時だから、ここでいい。呼んで来てくれ」

「何よ、怖い顔して」

「いいから」

小平太の剣幕に恐れをなして、きいはすぐに中へ引っ込んだ。ほどなく、普段着に着替えた龍之進が出て来て、玄関の式台《しきだい》に立った。

「何んだ」

憮然とした表情で訊く。相変わらず形《なり》のでかい男である。そのでかい男が俯《うつむ》いているのは似合わない。意気込んで来たものの、龍之進を前にすると、すんなり言葉が出なかった。

「用事があるなら早く言え」

龍之進はいらいらして小平太を急《せ》かした。

「だ、誰にでも間違いはあります」

「……」

「いつまでも引き摺《ず》っている義兄上は、らしくありません」

「お前に言われたくはない。生意気な口を利くな」

龍之進が声を荒らげたので、却《かえ》って小平太は落ち着いた。これで、猫撫《ねこな》で声で優しく訊かれたら言いたいことの半分も言えなかったはずだ。

「奉行所の連中の言うことなんて気にしないで下さい」

固唾《かたず》を飲んで小平太は言った。

「気にしておらん」

「いえ、義兄上は気にしております。どうして奉行所で肩を落として歩いているんですか。胸張って下さい」

「うるせェ！」

「おいらにそう言えても、橋口《はしぐち》さんや緑川さんには言えないじゃないですか。同じことをいつまでも言うなと一喝《いっかつ》したらいいんですよ。何んで黙って聞いているんですか」

橋口譲之進《じょうのしん》は定廻り同心で、龍之進の朋輩でもあった。

「お前に、おれの気持ちはわからぬ」

「いえ、わかっています。義兄上は下手を打ったことが恥ずかしくて仕方がないんだ」

「この野郎！」

龍之進は裸足のまま三和土《たたき》に下りて、小平太の頬を張った。顔が痺れたが、痛いとは思わなかった。きいがもの音に気づいて、慌てて出て来て龍之進を止めた。

「小平太、無礼は許しませんよ」

「何んだよ、何も知らねェくせに。おなごは引っ込んでろ！」

小平太は怒りの矛先《ほこさき》を姉に向けた。

「うちの人が何をしたと言うのよ。はっきり言いなさいよ」

きいも興奮していた。

「義兄上は、何も悪いことはしていない。お務めまっしぐらだ。今までも、これからも。それなのに、そんな義兄上を四の五の言う奴がおいらは許せないのよ。勝手なことを言う連中のことを黙って聞いている義兄上が、おいらは情けなくて、悔しくて……」

頬を打たれた衝撃がようやくやって来て、小平太は咽《むせ》んだ。

「どうした小平太。腹が減って泣いているのか」

心配して出て来た龍之進の父親が呑気《のんき》な声で訊いた。小平太は泣きながら噴《ふ》いた。

「義兄上と初めて呼んでくれたな。いや、すまん。お前の言う通りだった。おれは少し意気地がなかった。済んだことは忘れる。明日からは胸を張り、俯かずにお務めに励む。約束する。実は、お前にも軽蔑されていると思っていたのだ。正直、それが一番こたえていた」

龍之進は少し落ち着くと、静かな声で自分の気持ちを言った。

「おいらは軽蔑なんてしません。だって義兄上じゃないですか」

「呆れたような顔をしていたぞ、あの時は」

「そりゃあ、呆れましたけど、でも、そんなことはすぐに忘れてしまいましたよ」

「何んだ、小平太は龍之進を励ますためにやって来たのか。おい、きい。お前ェの弟はいいところがあるぞ」

不破は嬉しそうに言った。

「そうでしょうか」

きいは納得していないような顔で言う。

「小平太、遠慮はいらぬ。晩めしを喰って行け」

不破は小平太に勧めた。

「いえ、笹岡の両親が待っているので、結構です」

「今夜はちょっとした祝いなのだ。いいから上がれ。笹岡殿の所には和助に言付けをさせるから案ずるな」

不破はそう言うと、和助の名を声高に呼んだ。小平太は仕方なく剣術の道具を式台の隅《すみ》に置くと、お邪魔致します、と一礼して雪駄を脱いだ。

茶の間には、それぞれに箱膳が並べられていたが、刺身と塩鯛の焼き物が載《の》っていた。なるほど何か祝いがあったらしい。女中のおたつがすぐに小平太の席に箱膳を運んで来た。不破の妻のいなみも笑顔で小平太を迎えた。

「小平太さん、いらっしゃいまし。相変わらずお元気そうですね。いかがですか。見習いも二年目を過ぎ、お務めにも慣れましたか」

いなみは優しく訊いた。

「ええ、何んとか……」

小平太はおずおずと応える。

「今年の暮には、小平太さんも叔父さんになるのですよ」

いなみはそんなことを言う。小平太は「えっ?」と声を上げ、きいと龍之進の顔を交互に見た。二人とも照れ臭そうな表情だった。

姉に子供ができたらしい。

「今度は死なすなよ」

小平太はぼそりと言った。

「前に流産したことは知っていたの?」

きいは驚いた表情だった。

「ああ。大伝馬町《おおてんまちょう》の伯母さんに聞いた」

「あんた、何も言わなかったじゃないの」

「言ってどうするよ。お前ェ、泣くだけじゃねェか」

「小平太さんは姉思いですね」

いなみは感心したように言う。

「龍之進もこういう義理の弟ができて、さぞ、心強いだろう。これからもよろしく頼むぞ。奉行所でうじうじしていた龍之進に活を入れに来るとは見上げた心映《ば》えだ」

不破も上機嫌で小平太を持ち上げる。それでも若い胃袋はご馳走を前にして歯止めが利かない。小平太は身の置きどころもない気持ちだった。それでも若い胃袋はご馳走を前にして歯止めが利かない。小平太はいなみやおたつが驚くほど、よく食べた。

「てけてけ、男の子を産んで、皆を喜ばせてやんな」

小平太は満腹になって人心地がつくと、きいにそう言った。小平太は昔からきいのことを、てけてけと渾名《あだな》で呼んでいる。二人のやり取りを、いなみとおたつは微笑ましい表情で見ている。

「それはそうなのだけど、こればかりは思い通りになるかどうか……」

きいは自信なさそうに応える。

「なになに、子供は無事に生まれるのが一番だ。おれはどちらでもよい。娘ばかりだったら婿《むこ》を取ればよいのだからのう」

不破は鷹揚に言った。

「不破さん、本当ですか」

小平太は驚いて訊く。普通は家の存続のために、何が何んでも男子がほしいと思うものである。

「ああ、本当だとも。何んだ？　小平太は今から心配しているのか」

「だって、それはそうでしょう」

「案ずるな。龍之進だってそう思っている」

不破は言いながら、傍らの龍之進を見た。ゆっくりと酒を飲んでいた龍之進は黙って肯《うなず》いた。

「やあ、それを聞いて、おいら、心底安堵《あんど》致しました」

小平太にようやく笑顔が見えた。

「小平太さんは見掛けによらず、神経が細かいのですね。畏《おそ》れ入ります」

おたつは茶化すように言った。

「おたつさん、見掛けによらずは余計でしょう。おいら、これでも町方役人ですよ。それなりに世の中の理屈は心得ているつもりですよ」

「まあ、そうでしたか。ご無礼致しました。それじゃ、ついでに申し上げますが、おいらというのはいかがなものでしょう。武士は武士らしく、拙者とか、それがしとかおっしゃいましな」

おたつはさり気なく小平太のもの言いを窘《たしな》めた。

「すんません。おいら……いや、拙者は町人の出なので、武家言葉がなかなか違えなくて」

「おいらでもいいじゃねェか。奉行所の役人は町人を取り締まるのが本分。下手人を前にして、拙者なんぞと悠長《ゆうちょう》にほざいていたら、取り逃がしてしまう恐れもある。小平太、今まで通りでよいのだ。いや、町人の出だからこそ、町人の気持ちもわかるというものだ。これから奉行所に必要な人間は、案外、小平太のような男かも知れぬ」

しみじみ言った不破に小平太は畏《かしこ》まって頭を下げた。思い切って不破の家を訪ねてよかった、よい晩になったと、小平太は胸で呟いていた。明日になって、龍之進がまだ首を縮めているようなら、後ろからどやしてやろうと思った。多分、その心配はないだろうが。

五

伊与太の師匠の歌川豊光《うたがわとよみつ》は医者や家人の看病の甲斐もなく、伊与太が芝に駆けつけた三日後に息を引き取ってしまった。葬儀は盛大に行なわれ、高名な歌川派の絵師が何人も訪れた。師匠は子供のない人だったので、葬儀の後、女房のお京《きょう》は実家に身を寄せ、二人の兄弟子もこの機会に独立するという。しかし、伊与太の身の振り方だけは決まっていなかった。独立するには、伊与太はまだまだ修業不足だった。歌川派の師匠株の絵師達は、それぞれに弟子を抱えていたので、伊与太一人ぐらい引き受けてくれてもよさそうなものだが、あいにく、そのような奇特な者はいなかった。皆、歌川派の看板を揚げてはいるが、顔を合わせる機会も少ないので、通夜の席では自分達の近況報告や近頃評判の絵師の噂をしているばかりだった。

二人の兄弟子も自分達のことを考えるのが精一杯で、伊与太にまで気を遣う余裕はなかったらしい。お前はどうするのか、の言葉もなかった。

芝の檀那寺《だんなでら》で葬儀を済ませた後、師匠の家で伊与太は客の接待に追われた。葬儀に間に合わなかった絵師が、その後もぽつぽつと悔やみに訪れていたからだ。

歌川国直《くになお》という若い絵師も、葬儀が終わってから花と香典を携えてやって来た。お京にねぎらいの言葉を掛けると、祭壇に掌を合わせた。

「あれが国直か。まだ、二十歳そこそこなのに、馬琴《ばきん》（曲亭）や京伝《きょうでん》（山東）の戯作《げさく》の挿絵《さしえ》を任されているそうだ。大したもんだなあ」

兄弟子達が小声で話すのを伊与太はぼんやりと聞いていた。国直は本当に若かった。細縞《ほそじま》の着物に紋付羽織《もんつきばおり》を重ねて弔《とむら》いの恰好をしていたが、童顔のせいもあり、十代と言っても通用するだろう。見た目はどこにでもいる普通の若者だが、伊与太は国直の指に絵具がついているのに気づいていた。芝へ訪れる直前まで絵筆を握っていたようだ。やはり、売れっ子の絵師であるのに間違いはない。

国直はお参りを済ませると、お京と少し話をして、すぐに腰を上げた。仕事に追い掛けられている様子でもあった。

伊与太は玄関の三和土に置かれた履き物を揃え、見送るために式台に控えた。

「そいじゃ、お内儀さん。また機会を見つけてお参りに来ますよ」

国直は気軽な口調で言った。

「申し訳ありません。後片づけを済ませたら、あたしは里へ戻るつもりなんですよ。ですから、お参りもこの限りとさせていただきます」

お京は気後れした表情で言った。

「この家はどうするんですか」

「ええ。跡を継ぐ者もおりませんので、売るつもりです」

「それは残念ですねえ。いい家なのに」

言いながら国直は家の中を見回した。それから、ふと思い出して続けた。

「お弟子さんは確か三人でしたね」

「ええ」

「その三人はどうなるのですか」

国直の言葉に伊与太は大層、驚いた。弟子のことを心配してくれたのは国直が初めてだったからだ。

「二人はこの際、独立することになりました。世話をして下さる板元《ばんもと》さんもおりますので。でも、その伊与太ちゃんだけは、まだどうするか決まっておりません」

女房は、そっと伊与太を眼で促した。

「弟子を引き受けてくれそうな師匠はいないのですか。歌川派は大所帯の一派なのに」

「主人は、あまりつき合いのない人でしたので、こんな場合はなかなか……」

お京はため息交じりに言った。

「幾つになる」

国直は伊与太に訊いた。優しそうな二重瞼で、鼻筋も通っている。愛嬌も感じられた。

「十七です」

伊与太は低い声で応えた。緊張してもいた。

「若いな」

そう言った国直に伊与太は思わず噴き出した。

「何が可笑しい」

つかの間、国直はむっとした表情になった。

「先生だって、まだお若いでしょう」

「おいら？　うん、二十三だ」

「その若さで、もはや一流の絵師とは大したものでございます」

「一流と言えるかどうか」

国直が謙遜すると、お京は、国直先生は、うそも隠れもない一流絵師でございますよ、と褒め上げた。

「照れるね。伊与太とか言ったね。行く所がないなら、しばらくの間、うちで手彩色《てさいしき》でも手伝ってくれないか。手許の仕事が立て込んでおおわらわなんだよ」

突然のことに伊与太は言葉に窮《きゅう》した。まさかそんなことを言われるとは思いも寄らなかった。

「本当によろしいのですか。ご迷惑じゃありませんか。この伊与太ちゃんは、そりゃあ品のある絵を描くんですよ。でも、まだまだ修業が足りません。国直先生のお弟子さんにしていただけるのなら、これ以上のことはありませんよ」

お京は眼を潤ませて言った。

「お内儀さん。おいら、弟子を持つつもりなんてありませんよ。弟子を置いたなんて言ったら、兄弟子達に何を言われるか知れたもんではありませんからね。だいたい、絵は基本はともかく、教えるものでも教えられるものでもないと思っております。已れが感じたものを絵にして、それを見た人がいいと思ってくれたら、それでいいんですよ。あくまでも已れ次第ですよ。そうさなあ、絵が心底好きだったら、今のところ十分ですよ。

伊与太、絵が好きかい」

「好きです」

間髪を容《い》れず伊与太は応えた。

「迷いがないようだ。気に入ったよ。落ち着いたら日本橋の田所町《たどころちょう》へ来るといい。あそこに会所があって、その隣りの仕舞屋《しもたや》がおいらのヤサ（家）だ。年寄りの婆さんに通いでめしの仕度を頼んでいるだけで、遠慮する人間もいないから気楽だと思うよ」

「ありがとうございます。お言葉に甘えて是非伺わせていただきます」

伊与太は張り切って言った。

「なるべく、早くしてくれよ。おいら、寝る暇もねェからよ」

国直は悪戯《いたずら》っぽい表情でそう言うと、お京にもう一度挨拶して引き上げて行った。

「伊与太ちゃん。あなたはついてる人ね。国直先生に声を掛けられるなんて。うちの先生よりずっと才のある人よ。お仕事ぶりを見ているだけで勉強になると思いますよ」

「お内儀さん、ありがとうございます」

「お礼なんていらない。これであたしも安心しました。これからはあまり会う機会もなくなるだろうけど、しっかり修業するのよ」

「お内儀さん、おいら、時々、顔を見に行きますよ。ご実家は浅草でしたね」

「ええ。でも無理しなくていいのよ」

お京の実家は浅草で海苔《のり》問屋《といや》を営んでいた。

美人で評判だったお京を師匠が絵に描いたことをきっかけに二人は一緒になったのである。これからお京は、実家の手伝いをしながら師匠の菩提《ぼだい》を弔って過ごすのだろう。

「浅草は芝に比べてずっと近いですし、困ったことがあればお内儀さんに相談したいです。ご迷惑でなかったら寄せて下さい」

「ありがとう、伊与太ちゃん。立派な絵師におなりね。あたしも期待してますから。それでね、一人前になって祝言《しゅうげん》をする時は必ず声を掛けてね。あたし、伊与太ちゃんの晴れ姿を見るのが楽しみだから」

「はい。約束します」

「ささ、明日から本格的に後片づけをしなきゃ」

お京は湿っぽくなった気分を振り払うように張り切った声で言った。


二人の兄弟子は国直から声を掛けられた伊与太を羨《うらや》ましがった。何かあったら自分達にも声を掛けてくれと、さもしいことまで言った。

ただ声を掛けられただけでは、その先のことまでわからない。仕事ぶりが気に入られず、お払い箱になるかも知れないのだ。だが、間近で国直の絵を見られることに伊与太はひどく興奮していた。きっと、人とは違う才が感じられるはずだ。兄弟子達の話によると、国直は信濃国《しなののくに》の出身で、幼い頃から絵の才があったという。国許《くにもと》の寺の住職の勧めで江戸に出て、歌川派の門を叩いた。江戸でもその才は衰えを見せず、十八歳の時には戯作者式亭三馬《しきていさんば》の挿絵を任され、それが国直の初筆となった。最近は大絵師、葛飾北斎《かつしかほくさい》の師風を慕《した》い、その影響も見られるという。ひとつの絵の流儀に留《とど》まらないところも伊与太は気に入った。

おいらは本当の絵師になりたい。誰もが絵師だと認める絵師になりたい。胸を張ってそう言える日が来るまで、伊与太は精進しようと心に決めた。

伊与太の転機でもあった。

あの子、捜して

一

日本橋の田所町は本町《ほんちょう》一丁目から両国広小路へ通じる大通りを少し南に下った所にある。ちょうど大丸新道《だいまるしんみち》と杉《すぎ》ノ森《もり》新道の間の界隈と言えばわかりやすいだろう。人形町《にんぎょうちょう》通りや浜町堀《はまちょうぼり》もすぐ近くだ。絵師の歌川国直が田所町に住まいを定めたのは、取り引きのある板元がその辺りに比較的多く店を構えていたせいだろう。国直は以前、麹町《こうじまち》に住んでいたらしい。仕事が繁忙を極めると、板元まで出向く道中の時間さえ惜しくなり、鶴喜《つるき》（鶴屋喜右衛門《つるやきえもん》）の番頭の世話で田所町の一軒家を借り受けたという。

日本橋・通《とおり》一丁目には須原屋茂兵衛《すはらやもへえ》の店。二丁目には嵩山房《すうざんぼう》・小林新兵衛《こばやししんべえ》、柏葉堂《はくようどう》・野田七兵衛《のだしちべえ》。通油町《とおりあぶらちょう》には仙鶴堂《せんかくどう》・鶴屋喜右衛門、耕書堂《こうしょどう》・蔦屋重三郎《つたやじゅうざぶろう》。馬喰町《ばくろちょう》二丁目には永寿堂《えいじゅどう》・西村屋與八《にしむらやよはち》の店がある。いずれも江戸では名の知れた書物地本《じほん》問屋だ。地本とは江戸で出版される本という意味である。国直にはこの書物地本問屋から仕事が回って来る。仲間内では単に板元、版元《はんもと》などと呼んでいる。

芝の師匠が亡くなってから、伊与太は国直の許《もと》に身を寄せていた。一応は弟子のつもりであるが、国直は、まだ二十三歳と若いせいで、弟子を持つことに気恥ずかしさを覚えているらしい。弟子としてではなく、仕事の手伝いをしてほしいと控えめに頼まれた。

国直は十七歳の伊与太と、さほど年の違いがないので、伊与太にとっては兄のような存在である。しかし、ただの兄と違うのは、国直が押しも押されもせぬ絵師であるということである。伊与太自身はもちろん、国直を師匠として尊敬の眼で見ていた。

近頃の国直は戯作者の挿絵を任されることが多く、夜となく昼となく絵筆を走らせている。挿絵の下絵は描いたそばから板元に渡される。板元の手代が引き取りに来ない時は伊与太が店に走った。お蔭で目方は少し減ったようだ。

こんなに忙しくて国直は身体を壊さないだろうかと伊与太は心配している。なあに、今の内さ、年を取れば描きたくても描けなくなるよ、と国直は疲れた眼を向けて言った。

黄表紙《きびょうし》や読本《よみほん》の挿絵の仕事が浮世絵師にとっては大きな実入りとなる。悠長に肉筆画ばかり描いている訳には行かないのだ。そこが大名の庇護を受けている本画《ほんが》の絵師とは違う。

初めて田所町へ行った時、伊与太は竹筒に入っている夥《おびただ》しい絵筆の数に驚いた。竹筒は十もあっただろうか。中には箒《ほうき》のように、ぼうぼうとなって使いものにならない筆もあった。捨てられないのだと国直は言う。気の利いた描線を描けなくて悩んでいた時、ふと、箒のようになった筆で描いたら、これがうまく行った。それからは軸が弛んで、どうにも描けない以外、筆は捨てずに取って置くようになったらしい。自分もこれからは、決して使った筆は捨てないと伊与太は肝《きも》に銘《めい》じたものだ。

国直の住まいは三十坪ばかりの敷地に建てられた仕舞屋である。そのせいで土間口は普通の民家より広かった。狭いながら庭もついている。仕事部屋は、その庭を眺められる六畳間である。伊与太には土間口横の三畳間が与えられた。芝からは大八車《だいはちぐるま》で身の周りのものを運んで来た。芝の師匠の家にいたのは三年ほどだが、その間にも荷物は増えていた。

折々に写生した画帖は十冊にも及ぶし、師匠の形見の色紙や表装した掛け軸もある。その他に母親のお文が用意してくれた着物、羽織、足袋、襦袢《じゅばん》などが柳行李《やなぎごうり》に三つもあった。もの持ちの男だと、国直はからかうように言った。

ひと仕事終えると、国直は庭をぼんやり眺める。そこには紫陽花《あじさい》がひと株、つつじ、細いもみじの樹《き》があるだけだ。それらは前の住人が植えたものだった。縁側の突き当たりに厠《かわや》があって、古いつくばいも置いてある。国直は、そのつくばいの横に南天を植えたいようだが、話ばかりで一向に植木屋へ注文しようとしなかった。梅もほしい、白木蓮《はくもくれん》もほしい、独り言を呟くだけだ。金がない訳じゃなし、ほしけりゃ、さっさと植えたらいいのにと伊与太は内心で思っているが、二六時中、絵のことばかりを考えている国直は、その他のことについては呆れるほど、ものぐさだった。

伊与太の仕事は芝の師匠の所にいた時とさほど変わりがなかった。朝は家の内外の掃除をして、日中は国直の仕事を手伝う。挿絵の他に贔屓からの色紙や掛け軸の絵も頼まれる。

食事と洗濯は近所の年寄りの女がやってくれるが、食器の後片づけと洗濯物の取り込みは伊与太がしなければならない。

国直の仕事の手伝いは主に背景を描くことだった。うまいねえ、と国直は褒めてくれた。伊与太は嬉しくて身の置き所もなかったものだ。

四月は、江戸では人別《にんべつ》（戸籍）改めが行なわれる月だ。伊与太の人別は芝から日本橋田所町へ移された。表向きは国直の同居人ということになる。

人別改めは詳細に行なわれる。人別帳は三冊作られ、町年寄《まちどしより》を通じて南北両奉行所に一冊ずつ提出し、残りの一冊は名主《なぬし》の手許《てもと》に置かれる。人別帳には本人、家族、同居人、奉公人まで細かく記載される。

名主はその後の人の移動も詳しく書きつけ、奉行所からの問い合わせにも、すぐに応えられるように準備していた。住人の移動には人別送りの証書が作られる。居所、名前、年齢を書き、元の人別帳から削除した後、転居先の名主へ送られる。詳細に人別改めをするのは、無宿者《むしゅくもの》をなくす目的が大である。無宿者は犯罪に繋《つな》がる場合が多いせいだ。火付盗賊《ひつけとうぞく》改め役の長谷川平蔵《はせがわへいぞう》が人足寄せ場《にんそくよせば》の設置を幕府へ強く勧めたのも、かつては江戸市中に無宿者が多かったからだ。

伊与太が田所町へ落ち着くと、父親の伊三次は酒の入った角樽《つのだる》を持参して挨拶に訪れた。

伊三次は国直があまりに若いことに驚いていた。国直は国直で、伊与太の父親が廻りの髪結いをしていることに驚いていたようだ。

「伊与太はどうして親父の仕事を継がなかったのよ。倅は親父の仕事を継ぐのが親孝行だぜ」

国直は不思議そうに伊三次が帰った後で訊いた。背丈は伊与太より高いが、国直は童顔である。丸い眼に愛嬌がある。式亭三馬や京伝（山東）に可愛がられているのは、その腕もさることながら、人に好感を持たれる人柄と風貌も影響しているような気がした。

「どうしてって、おいら、やっぱり絵師になりたかったからですよ」

伊与太はもごもご応えた。今さら、それを言われたところで始まらない。

「反対されなかったのけェ？」

「あんまり……」

「いい親父だな。倅のやりたいようにさせるなんざ、近頃珍しい」

「親父は苦労して髪結いになったんで、おいらに同じ苦労をさせたくないと思っているんですよ。親父の仕事を手伝ってくれる弟子もいますし、今は別においらがいなくても大丈夫です」

「お袋さんは何も言わなかったのけェ？」

「特には。だけど一人前になるまでおいらに銭が掛かるんで、お袋は未《いま》だに芸者を辞《や》められないんですよ。それを考えると、ちょっと親不孝だなとは思いますが」

「お袋は芸者だって？　こいつは驚きだ。髪結いと芸者の夫婦なんざ、初めて聞く」

「うちは少し変わっているんですよ。幸い、妹が女髪結いになると言ってるんで、少しは気が楽になりましたが」

芝から引き上げ、八丁堀・玉子《たまご》屋《や》新道《しんみち》の実家に立ち寄った時、妹のお吉が張り切って伊与太に報告した。当分は伯父の髪結床で台所仕事を手伝いながら修業するという。

「妹は芸者にならないのか」

「芸者をするには、ちょいとおたふくなもんで」

そう言うと、国直は愉快そうに笑った。そして、いい家族だと、しみじみ言った。

「伊与太にうちに来て貰ってよかったよ。しっかりした家族が後ろについていりゃ、何も心配いらねェ。存分に修業するこった」

「ありがとうございます。そう言っていただけるだけで、おいらは嬉しいです。ところで、先生の仕事もひと区切りついたようですし、植木市にでも行って、好みの庭木でも仕入れませんか。後の世話はおいらがやりますんで」

伊与太は国直の気を惹《ひ》くように言った。

「それもいいが、おいらはちょいと本所の北斎先生のご機嫌伺いをしてェのよ」

「……」

葛飾北斎は江戸では一、二を争う浮世絵師だ。そんな御仁《ごじん》と知り合いだなんて、やはり国直は並の絵師とは違うと感心した。

「お前ェも一緒に行くけェ？」

国直は気軽に誘った。

「いえ、今日は遠慮します。心の準備ができてから一緒に連れて行って下さい」

「怖いのけェ？」

国直は悪戯っぽい表情で訊く。

「そ、そりゃあ、怖いですよ。あの方の絵を見るだけで度量の大きさに圧倒されます」

「見た目はただの爺《じじ》ィだぜ。それに気さくな人で遠慮はいらねェよ」

「それでも、ちょっと……」

「わかった。お前ェは植木市で何か見繕《みつくろ》ってきな。ほれ……」

国直は懐の紙入れから小銭を取り出して渡してくれた。

「ありがとうございます。南天をまず植えましょう。梅や白木蓮もあったら買って来ます」

「足りるけェ？」

「足りなかったら、それなりに」

そう言うと、国直は思案顔になり、一朱（一両の十六分の一）をさらに出した。

「いいですよ、こんなに」

「お釣りは小遣いにしな。さてと、手土産は何んにしよう。稲荷寿司がいいかな、甘いものがいいかな」

「北斎先生は甘いものがお好きなんですか」

「先生は、まるっきりの下戸《げこ》だ」

「いやあ、それはうちの親父と一緒だ」

思わぬところで共通点を発見して、伊与太は嬉しかった。

「酒に酔えねェってのも、男にとっちゃ辛いものがあるぜ」

だが、国直はため息交じりにそう言った。なぜか、はっとした。酔えない北斎と伊与太の父親。今までそんなことは考えたこともなかった。

「先生はいける口ですから、その点はいいですね」

「おうよ、飲んで憂《う》さを晴らすことができるから、おいらは倖《しあわ》せだ」

「でも、あまり飲み過ぎないように気をつけて下さい」

「女房みてェな口を利くな」

国直は苦笑交じりに応えた。

二

伊与太が国直と他愛ない会話を交わしていた五日ほど前のことである。伊三次は炭町の「梅床」の仕事を少し手伝ってから、次の丁場に廻る前に昼めしを食べるつもりで玉子屋新道の自宅へ向かっていた。

弾正橋《だんじょうばし》を渡り、本八丁堀町に出ると、ふと松助《まつすけ》の詰める自身番に寄って行こうという気になった。

梅雨《つゆ》の前だが、空は雲に覆《おお》われていた。今夜は雨になるかも知れないと思った。

自身番の油障子を開けると、松助はいたが、他に大家、書役《かきやく》、見慣れない羽織姿の中年の男もおり、皆、忙しそうに書き付けを睨んでいた。

「忙しそうですね。邪魔になるんで、またこの次に伺いまさァ。なに、松さんの顔が見たくなっただけですから」

伊三次は気軽に松助に言って、踵《きびす》を返し掛けた。

「伊三、ちょいと待て。お前ェに聞いて貰いてェことがある」

松助には伊三次を待ち構えていたふうも感じられた。

「何かありやしたかい」

伊三次は真顔になって松助の分別臭い顔を見つめた。

「今、人別改めの最中《さいちゅう》よ。朝から晩まで息つく暇もねェわな」

「そりゃ、ご苦労なことで」

そう言えば、人別改めの時期だと伊三次は思い出した。

「八丁堀は奉行所のお役人の住まいが多く、町家はよそより少ねェ。当たり前なら人別改めも楽なはずだが、どうした訳か、近頃、人の出入りがやけに激しくてな、往生しているわな」

「てェへんですね」

「その中でよ、居所の知れねェ奴も出ている。おおかたは飲み屋の女だの、手に手を取り合って駆け落ちする者よ。そいつらのことを、よその町に繋ぎをつけて調べなけりゃならねェのよ。まあ、少し手間は掛かるが、いずれ片《かた》がつく。しかし、餓鬼《がき》となるとそうは行かねェ」

「行方知れずの餓鬼がいるんですかい」

「おうよ。それもここ一年や二年の話じゃねェ。こうと十年以上も経ってから行方が知れねェとわかり、それで大慌てよ」

「いってェ、どうしてそんなことに」

そう訊くと、松助はひょいと後ろを振り向き、大家さん、例の餓鬼のことで伊三次と話をして来まさァ、と言った。

「ああ、そうですか。伊三次さんは市中を歩き廻る仕事ですから、もしや足取りが摑めるかも知れませんね」

大家の善右衛門《ぜんえもん》は訳知り顔で応えた。伊三次と松助は自身番を出ると、近くにある「むぎゆ」と大提灯を出している葦簀《よしず》張りの見世に入った。

床几《しょうぎ》には緋毛氈《ひもうせん》でなく、市松模様の布が掛けてあった。もう、麦湯の見世が出る季節かと、伊三次は季節の移り変わりに少し驚いていた。

麦湯を飲みながら、この近所の裏店《うらだな》に若い夫婦者が住んでいたのよ、と松助は口を開いた。そこは善右衛門が管理を任されている五郎兵衛店《ごろべえだな》と呼ばれる二階造りの裏店だった。四十人近くの店子《たなこ》達が住んでいるという。

鉄次《てつじ》という大工をしていた男が、その五郎兵衛店に女房と暮らしていたのは、いまから十年以上も前のことである。当時、鉄次は二十五歳、女房のおさえは十八歳で、所帯を構えたばかりだった。翌年には子供も生まれ、表向きは倖せな家族だったという。ところが、子供が生まれて一年ほど経った頃、おさえは子供を連れて実家に戻ってしまった。鉄次の浮気が原因らしかった。おさえは両親の庇護を受けながら働いて子供を育てるつもりだったらしい。実家の両親が宥《なだ》めても、若さゆえで亭主の浮気が許せなかったようだ。子供は男の子で、平吉《へいきち》という名前だった。生きていれば十一歳か十二歳になっているはずだ。

ちょうど、伊三次の娘と同じぐらいの年頃である。

おさえが実家に戻ってしばらく経った頃、鉄次の両親がやって来て、平吉を引き取って行ったという。

鉄次は次男坊で、両親は、本所で百姓をしている長男の家族と同居していたが、長男の所は娘ばかりで男子がいなかった。鉄次の両親は、せっかく生まれた平吉を跡継ぎにすると強く言ったらしい。それにはおさえも、おさえの両親も反対することができず、おさえは泣く泣く平吉を手放したのだ。

平吉はその後、鉄次の兄の家で育てられていると思われたが、実際は鉄次の祖母の家に預けられたという。祖母の家は鉄次の長兄の家から一町ほどしか離れていない場所にあった。

七十歳を過ぎた祖母は畑で草花を育て、それを花屋に売って生計を立てており、全くの独り暮らしだった。年寄りに頑是《がんぜ》ない子供を預けたというのが、そもそも伊三次には理解できなかった。大事な跡継ぎなら、鉄次の両親が育てるべきだろう。そのつもりで、おさえから平吉を引き取ったはずだ。

「で、ここからが本題だが、今年の正月過ぎに鉄次の婆さんが死んだのよ。畑に出て、そこでいけなくなったらしい。その後、婆さんの家は他人に貸して、鉄次の親は家賃を取るようになったのよ」

「婆さんが死んだ後、平吉は鉄次の親の家で暮らすようになったんですかい」

「いいや、そうじゃねぇ。近所の人は婆さんがひ孫と一緒にいるところなんざ、一度も見たことはねぇと言ってるそうだ」

「じゃあ、その平吉は、今、どこにいるんで？」

「わからねぇ」

「そんなばかな。鉄次の親に訊いたらわかりそうなものだ」

「鉄次の親は婆さんの家に預けたの一点張りよ」

「……」

「去年の今頃、婆さんは人別を調べに来た名主の手代へ、ひ孫はもうここにいねぇから、人別から外してほしいと言っていたそうだ。手代が、ひ孫は今、どこにいるのかと訊くと、婆さんはわからねぇと応えたそうだ。手代は平吉の行方を調べたようだが、埒《らち》が明かなかったらしい」

「殺されたんですかねえ」

「そいつはおれも考えた。しかし、本所の御用聞き（岡っ引き）がそうじゃねェのかと鉄次の親を問い詰めると、殺すつもりなら、おさえから平吉を引き取るものかと怒鳴ったそうだ。もっともな話だから、向こうの御用聞きもそれ以上、何も言えなかったらしい」

「蟻の這《は》い出る隙間もねェほど、人別改めは万全と思っておりやしたぜ。こんなこともあるんですかねえ。しかし、肝腎の婆さんが死んでいるんじゃ、札《ふだ》の切りようもありやせんよ」

「だな」

松助は低い声で相槌を打った。

「だが、このまま放っておく訳にも行かねェ。伊三、できるだけでいいから、平吉の足取りを探ってくれねェか。もちろん、おれはおれで探る。鉄次はおさえが出て行った後、しばらくやもめ暮らしをしていたが、その内に裏店を出て行ったそうだ。尾張町《おわりちょう》の近くにいるらしいから、そっちに行って話を聞いて来るわな」

松助は思い直したように続けた。

「鉄次の親の家は本所のどの辺ですかい」

「亀戸村《かめいどむら》と聞いたな」

「そいじゃ、木場《きば》の客の所へ行った帰りにでも足を伸ばしてみまさァ。しかし、親に訊いても本当のことは喋っちゃ貰えねェでしょう。鉄次の兄の娘達は、すでに嫁に行っているると思いやすが、何か事情を知っているような気もしやす。そっちにも当たってみるつもりですよ」

「五ツ目の渡しの傍に自身番があってよ、そこに弥次郎《やじろう》という御用聞きが詰めている。三十五、六の男よ。そいつは平吉のことで鉄次の親に話を聞いているから、向こうに行けば、もう少し詳しいことがわかるかも知れねェ」

「近い内に行って来ますよ。生きていても人別から外れていたんじゃ無宿者になる。可哀想ですからね」

「居所がわかればいいよなあ」

「全くで」

松助とは、その麦湯の見世の前で別れた。

いったい、平吉はどうなってしまったのだろうか。お吉が生まれてから今までのことが、ふと甦《よみがえ》る。あっという間に大きくなった観があるが、改めて考えれば長い年月にも思える。

赤ん坊だったお吉が初めて伊三次に笑った日のことは忘れられない。仕事に出かける伊三次の後を追って大泣きされ、伊三次の胸がほろ苦く痛んだことも。可愛かったなあと、しみじみ思う。今だって可愛いことに変わりはないが、娘らしさを備え始めたお吉が、近頃は眩《まぶ》しくて仕方がない。もう、気軽に胸に抱き寄せたりできなくなっている。お吉と同じ年頃の平吉には親身に世話をしてくれた人間がいただろうか。苛められ、邪険にされて育ったとしたら不憫《ふびん》だ。もしや殺されてでもいたら、可哀想でたまらない。伊三次は顔も知らない少年のことを思うと、自然に涙が滲《にじ》んだ。

三

翌日、亀島町の不破家の髪結いご用を終えると、伊三次は深川の木場へ向かった。そこには材木問屋の旦那や番頭の客がいる。午前中で仕事を済ませ、昼めしを馳走になってから小名木川《おなぎがわ》、竪川の二本の川を越えて本所に入った。弥次郎という岡っ引きが詰める自身番は竪川に架かる新辻橋《しんつじばし》から東へ二町ばかり行った先にあった。松助が言っていたように五ツ目の渡し場の近くだった。本所は一ツ目から四ツ目までは橋が架かっているが、なぜか五ツ目は渡し舟で行き来しなければならない。

この渡し舟を商っていた家の息子が歌川派の絵師であると、伊三次は伊与太から聞いていた。それが歌川国貞《くにさだ》である。ために表徳《ひょうとく》（雅号）を五渡亭《ごとてい》にしているそうだ。艶冶《えんや》な美人画を描くことで有名である。渡し舟屋の息子が絵師になっているのだから、髪結いの息子だって絵師になってもいいはずだ。伊三次は竪川を渡る舟を眺めながら、つまらないことを考えていた。

　自身番の外から声を掛けると「入《へ》ェんな」という気さくな応答があった。遠慮がちに油障子を開けると、痩せて陽に灼《や》けた男が煙管《きせる》を遣いながら、こちらを振り向いた。縞《しま》の着物の上に薄手の紺半纏を羽織っている。

「手前、北のご番所の不破様のお世話になっている伊三次って者です。ちょいとこのう、親分の縄張内のことで訊ねてェことがありやして」

「お前ェさん、髪結いけェ？　それで八丁堀の旦那の小者《こもの》（手下）も引き受けているってことけェ」

　弥次郎は伊三次が携えた台箱をちらりと見て訊く。岡っ引きにしては人のよさそうな表情をしている。

「へい、さようで」

「ご苦労なこって。八丁堀からこっちまでやって来るのは骨だったろう」

「いえ、深川の木場にも客がおりやすんで、本日はその帰りにこちらへ足を伸ばしやした」

「廻りの髪結いをしているのけェ。それはそれは。まず、上がって一服してくれ」

　弥次郎はそう言って茶の用意を始めた。

「構わねェで下せェ」

伊三次は慌てて制した。

「なあに、こっちはそれほど忙しくねェわな。渋茶の一杯ぐらい飲んでってくれ」

「畏れ入りやす」

伊三次は遠慮がちに自身番の座敷へ上がった。

「こっちの人別改めは終わったんですかい」

色も香りもない茶をひと口飲んでから伊三次は訊いた。

「ああ。俺の島《しま》(縄張)は、人がそれほど多くねェ。去年とたいていは同じよ。人別改めの帳簿もさして手間は掛からねェ」

「しかし、亀戸村じゃ、今年の正月辺りに年寄りの女が亡くなっているんじゃねェですかい」

「ああ、おしか婆さんな」

「その年寄りのひ孫が行方知れずになっていると聞きやした。いってェ、平吉という子供はどこに行ったのかと、八丁堀の町《ちよう》役人も心配しているんですよ」

「それでお前ェさんはやって来たという訳けェ」

弥次郎は、ようやく伊三次の訪問の理由に察しをつけたらしい。

「何しろ、十年以上も前のことだから、今さら行方が知れねェと言われても、困ってしまうぜ」

弥次郎はくさくさした表情で続ける。

「平吉の親は夫婦別れしておりやす。母親は平吉を連れて実家に戻ったんですが、その後、平吉の祖父母が跡継ぎにするということで引き取って行ったらしいです。ですが、平吉は死んだひい婆さんに預けられたというじゃねェですか。そこんところが、そもそも手前にゃわかりやせん」

伊三次は少し憤《いきどお》った声で言った。

弥次郎は火鉢の縁《ふち》で煙管の雁首《がんくび》を打って灰を落とすと、新しい刻《きざ》みを詰めながら、まずな、と気のない相槌を打った。それから鉄次の実家のことを話し始めた。

「鉄次の母親はおかつと言ってな、やけに気性の激しい女なのよ。おかつは鉄次がおさえと所帯を持ったこともおもしろくなかったらしい。心積もりしていた娘がいたんだろうよ。だが、鉄次はおかつの反対を押し切った。そうまでして一緒になったくせに夫婦別れするとは何んだと肝が焼けていたんだろう」

「だから、おさえさんの家から平吉を引き取ったってことですかい」

「恐らくな。だが、頑是ねェ赤ん坊の世話は手に余る。それでおしか婆さんに預けたんだろう」

「しかし、おしか婆さんの近所の人の話じゃ、平吉がそこにいたのを見た者はいねェようですぜ。まあ、親分もそれについては色々、調べなすったでしょうが」

「年月というのは厄介よ。当時なら、すぐに気がついたことでも、十年以上も時が経ってしまうと、全くわからなくなる」

弥次郎は年寄り臭いことを言う。

「さいですね。この様子じゃ、そのおかつという女に訊いても埒は明きやせんね。それで、手前はおかつの孫娘にも話を訊きてェと考えているんですよ」

「ん？　孫娘か。鉄次の兄の喜一《きいち》にゃ三人の娘がいた。長女は婿を取って一緒に住んでいる。他の二人は亀戸村を出て、よそに嫁に行った」

「嫁ぎ先は知っておりやすかい」

「次女は小梅村《こうめむら》の百姓の家に嫁いだが、三女は確か呉服屋の手代と一緒になったと聞いたな。深川の佐賀町にある『山科屋《やましなや》』という店だ」

「そいじゃ、山科屋さんへ行けば、三女の居所は知れやすね」

「多分な。小梅村の次女のほうはおれが探りを入れてもいいぜ」

「よろしいんですかい」

「ああ、いいとも。二、三日したら、もう一度、ここへ顔を出してくんねェか。手懸《てが》かりがついているかもしんねェしよ」

「助かりやす。そいじゃ、手前はこれから山科屋へ寄り、三女の……名前ェを教えて下せェ」

「おみきだ。亭主は角助《かくすけ》と言った。今じゃ番頭に出世しているだろう」

「角助さんに、おみきさんですね」

伊三次は念を押すと、お世話になりやした、と頭を下げて暇乞《いとまご》いした。

「ああ、また来な」

弥次郎は、にッと笑いながら応えた。弥次郎が気さくな人間で伊三次もほっとしていた。

たいてい、初対面の人間にはあそこまで打ち解けた様子は見せないものだ。今後も頼りになりそうな男に思える。

深川の佐賀町は八丁堀へ帰る通り道だ。結構歩いたが、無駄足がなかったので、それほど疲れは覚えなかった。

山科屋は商家が軒を連ねる通りの一郭に暖簾《のれん》を出していた。間口四間の店である。伊三次は勝手口に通じる狭い路地を入り、開け放した勝手口から中に声を掛けた。

「お忙しいところ、あいすみやせん。手前、髪結いの伊三次ってもんですが、こちらに角助さんという方が奉公してなさると聞いて参りやした」

そろそろ晩めしの仕度に掛かっていたらしい二人の女中が手を止めてこちらを振り向いた。その内の二十歳を幾つか過ぎた女中が、うちの人に何かご用でしょうか、と怪訝な眼で訊いた。

「え？　おたくさんは、そいじゃ角助さんのおかみさんですかい」

伊三次は色めき立った。こうもすんなり事が運んだことに、我ながら驚いていた。やはり、ひとつうまく行けば、次も繋がるものである。

「ええ、そうです。お店のお内儀さんに頼まれて台所を手伝っているんですよ。あたしはまだ、子供がいませんもので」

色白で眼のぱっちりした可愛い女だった。丸い鼻に愛嬌がある。

「実は、角助さんじゃなくて、おかみさんに話を伺いに参った訳で」

「何んのことでしょうか」

おみきは相変わらず、怪訝そうな表情だった。

「今から十年以上も前のことですが、亀戸村の実家に赤ん坊が連れて来られたのを覚えちゃおりやせんかい」

「ええ。覚えております。叔父さんの子供でした」

「その子供が行方知れずになっているんですよ。まあ、それは、おしか婆さんが亡くなってからわかったことですが、何しろ、年月が経っているんで、なかなか手懸かりがつきやせん。おかみさんの婆さんは、おしか婆さんに平吉を預けたから知らないと言ってるそうですが、亀戸村の近所の人は、おしか婆さんが平吉と一緒にいるところを見たことはないと言っておりやす。いってェ、平吉は亀戸村から、どこに連れて行かれたんでしょうね」

そう言うと、おみきは後ろを振り返り「おちよさん、ちょっといいかしら。あたし、こちらのお客さんと少し話があるの」と言った。

四十がらみの女中は、どうぞ、どうぞと応えた。おみきはそれから勝手口の戸を閉めた。

「平吉を捜して、それでどうしようと言うんですか」

おみきは硬い表情で伊三次に訊いた。

「平吉は行方知れずになっているんですぜ。居所がわかりゃ、それでいいんですよ。もしや殺されているのじゃなかろうかと手前どもは心配しているんですよ」

「お客さんは叔父さんの知り合い？」

「いえ、手前は、ちょいとこのう、お上の御用を助《す》けておりやす。人別改めをしている最中に平吉の行方が知れねェと、叔父さんが以前に住んでいた八丁堀にも問い合わせが来て、ちょいと騒ぎになっている訳で」

「うちの婆ちゃんをしょっ引くの？」

おみきは少し青ざめた顔になって訊いた。

おかつのことを言っていた。

「おかみさんの婆さんは、しょっ引かれるようなことをしたんですかい？　もしや、平吉を手に掛けたとか」

伊三次も緊張してきた。だが、おみきは首を振った。

「うちの婆ちゃんは、とてもきつい人なの。叔父さんが夫婦別れしたと聞くと、とても怒ったんです。だから、あんな女と一緒になるんじゃないと反対したのにって」

「夫婦別れの原因は叔父さんの浮気らしいですよ」

「……」

「平吉を引き取って来たのは、叔父さんの女房に当てつけるためだったんですかねえ」

「多分、そうだと思います。でも、平吉は母親を恋しがって泣き続けたんですよ。それで婆ちゃんは、ひい婆ちゃんに平吉を預けたんです。でも、ひい婆ちゃんだって年だから、赤ん坊の世話なんて無理だった。それで……」

「どうしやした」

伊三次は話の続きを急かした。

「しばらくすると、平吉の姿は見えなくなっていたの。婆ちゃんは子供のいない夫婦に養子に出したと言ったけれど、叔父さんのおかみさんの手前、その話は内緒にしたみたいです。村を廻って来る口入れ屋《くちいれや》（周旋業）がうちに来て、お父っつぁんにお金を渡していたから、多分、平吉は売られたんだと思います」

「どこの口入れ屋ですかい」

「さあ、そこまではあたしもわかりません」

「だけど、平吉の人別は、ずっとおしか婆さんの所に置かれたまんまでしたぜ」

「ですから、それも叔父さんのおかみさんに知られたくなくて、そのままにしていたのでしょうよ。人別なんて、その気になればどうにかなるものだし」

おみきは埒もないと言うように応えた。

(人別なんて、その気になればどうにかなる)

おみきの言葉が伊三次の頭の中で、くるくると回った。本当にそうなのだろうか。

「もういいかしら。あたし、忙しいの」

おみきは面倒臭そうに切り上げる。

「お手間を取らせてあいすみやせん」

伊三次が頭を下げると、おみきはすぐさま背を向け、戸障子に手を掛けていた。

すんなり手懸かりがつくと思ったが、口入れ屋が出て来て、話が止まった。亀戸村を廻る口入れ屋を捜さなければならない。幾つかの見世が頭に浮かんだが、これと思う見世に察しがつけられなかった。察しがついたとしても、十年以上も前のことを覚えているかどうか。

伊三次は途方に暮れる思いで、とぼとぼと永代橋を渡り、自宅へ向かった。ここに来るて、どっと疲れも覚えた。

（平吉、いってェ、お前ェはどこにいるのよ）

伊三次は胸で空しく呼び掛けていた。

四

松助は鉄次の住まいに行って話を訊いたが、平吉とおさえが出て行って以来、鉄次は、一度も二人には会ったことがなかったらしい。平吉が行方知れずになっていることを伝えると、少しだけ表情を曇らせたが、今は再婚して子供もできたので、ずっと昔に別れた息子のことに頓着《とんちゃく》する余裕はなかったらしい。

おさえは、こちらも病で連れ合いを亡くした男の後添《のちぞ》えに入っていた。再婚相手には二人の息子がいたが、おさえは平吉のことをいつも案じていた。そこは母親である。平吉が行方知れずになっていると言うと、わっと泣き出したそうだ。あの強突張《ごうつくば》りの姑《しゅうとめ》が殺したのだと、怒りを露《あら》わにした。亭主は平吉が見つかったら、うちに引き取ろうと優しくおさえを慰め、それで少し落ち着いたという。

松助は是非ともおさえの許に平吉を返してやりたかったが、口入れ屋の話を伊三次がすると、眉間に皺《しわ》を寄せ、難儀だなあと、吐息交じりに言った。江戸には口入れ屋が何十軒もある。その一軒、一軒を当たるには時間と手間が掛かる。おかつに訊いても素直に喋ってくれそうにないし、仮に口入れ屋がわかったとしても、当時のことをはっきり覚えているかどうか心許ないと言った。

「行方知れずのままにしておくか」

仕舞いには弱気な言葉も出る始末だった。

「松さん、らしくねェですよ。平吉が口入れ屋に連れて行かれたのは、はっきりしたんで、五ツ目の親分に言って、口入れ屋の屋号をおかつから聞き出して貰いやしょう。おれはおれで眼についた口入れ屋を当たりますよ。その内にどこかで繋がると思いやす」

「こんな野暮用でお前ェの手を煩《わずら》わせるのは気の毒だ」

「松さん、人捜しも立派にお上の御用だ。おれ達はそのためにも不破の旦那に使われているんじゃねェですか。まさか餓鬼のひとりぐらい、いなくなってもどうってことはねェと考えている訳じゃねェでしょうね」

伊三次の言葉に松助は、はっとした表情になり、おれは了簡違《ちげ》ェをしていたようだ、勘弁しつくれと頭を下げた。

「平吉を捜しやしょう」

伊三次は強く言った。

伊与太がつくばいの横の地面に三尺ほどの深さの穴を掘ると、おふさは手際よく南天の樹を植えた。その横で懐手《ふところで》をしたお文が、あれこれと指図していた。穴の位置を定める時も、もっとつくばいから離した位置にしろと言った。

「だって、お内儀さん、このほうがつくばいとの兼ね合いを考えたら恰好がいいですよ」

おふさは不満そうに口を返した。

「今はよくても、その内、南天の丈が伸びる。それじゃ、つくばいを覆ってしまうよ。ろくに手も洗えやしない」

お文は訳知り顔で言う。おふさはそれもそうだと納得したのか、黙って言う通りにした。

植木の話になると、お文とおふさは眼を輝かせる。やれ、どこそこの庭の梅が今年もきれいに咲いていただの、どこそこのつつじは、そりゃあ見事だのと。おふさは住まいにしている裏店の狭い庭にも様々な草花を植えている。陽当たりがもうひとつなので、植える草花も限られる。その分、伊三次の家の庭の手入れを熱心にした。おふさの実家から持ち帰った樹も、庭には幾つも植わっている。

伊与太は植木市が、いつもやっているものと思っていた。それで八丁堀の茅場町《かやばちょう》にある智泉院薬師堂《ちせんいんやくしどう》に行って見たが、植木市など影も形《おもと》もなく、万年青を売る花屋がぽつんと商いをしているだけだった。

玉子屋新道の実家に寄って、植木市はやっていないのかい、とお文に訊くと、ばかだねえ、この子は、と呆れられた。薬師堂の植木市は毎月、八日と十二日の縁日にしか市が立たないという。

「困ったなあ。うちの先生は南天をほしがっているんだよ。それで買いに出て来たんだが」

そう言うと、おふさが、お庭にあるものを少し掘って運びましょうか、と言った。株分けしたものがあるという。

「それから梅と白木蓮もほしいそうだ」

「梅は去年、わっちが植木市で買ったものがある。よかったら、それも持ってお行き」

お文は笑顔で応える。残念ながら白木蓮はないという。梅と南天だけでもありがたい。

さっそく田所町の国直の家に運ぶことにした。

おふさとお文は一緒に行って、植えるのを手伝うと言った。

「いいよ、そこまでしなくても」

伊与太は途端に慌てた。母親と女中がついて来るのが恥ずかしくてたまらなかった。

「先生のお邪魔になるのかえ」

お文は心配そうに訊く。

「いや、先生は出かけたから、多分、帰りは夕方か夜になると思う」

「お前は植木の世話なんざ、今までしたことがないだろうに。妙な具合に植えて枯らしたら、先生はがっかりなさるよ。なあに、わっちらは、ささっと植えたら、すぐに帰るよ」

お文はやけに張り切っていた。内心では伊与太がどんな家に住んでいるのか興味があるのだ。

「留守番する人がいないんじゃ、この家は物騒だよ」

おふさはともかく、お文を留まらせたくて伊与太は言った。

「隣りのおかみさんに一刻《いっとき》（約二時間）ほど留守にするからと声を掛けるよ。さして盗まれるものがある訳じゃなし、大事ないよ」

お文の言葉に伊与太はそれ以上、言い返せなかった。おふさはご丁寧に近所から大八車も借りて来て、庭から掘り起こした南天と梅を載せた。

伊与太が大八車を引く後ろで、お文とおふさは楽しそうに話をしている。考えてみれば、二人が一緒に外へ出る機会など初めてかも知れなかった。

三人が田所町の国直の家に着くと、留守番をしていたおため婆さんは驚いた顔になった。

「どうしました」

「いや、先生が南天をほしがっていたんで、買いに行ったけど、全く見つからなくて、それで実家の庭から運んで来たんですよ」

伊与太は、もごもごと事情を説明した。

「伊与太の母親でございます。息子がお世話になっております」

お文は如才なく挨拶した。

「あたしは女中のおふさでございます。お騒がせして申し訳ありません」

おふさもお文に言い添える。おためはようやく得心が行き、笑顔になった。庭に入るとお文は家の佇《たたず》まいを眺めた。

「いい家だねえ」

と、感歎《かんたん》の声を上げる。本当にそうですね、あたしもこんな家がほしいですよ、とおふさも言う。

「松さんに気張って貰ったら、その内に家は手に入れられるよ」

女同士のお喋りは留まることを知らない。

さっさと南天と梅を植えて帰って貰いたかった。梅の樹はもみじの横に植えた。その時もお文は、やかましく植える位置を指図した。

ようやく植えると、おためが茶を淹《い》れたから飲んで行けと、余計な愛想をして、お文とおふさは縁側に座り、庭を眺めながら嬉しそうに茶を飲んだ。そこへおためが加わり、お喋りの輪がさらに拡がった。

「お父っつぁんは忙しいのかい」

三人の話の腰を折るように伊与太はお文に訊いた。

「行方知れずの子供を捜し回っているよ」

お文は、少し真顔になって応える。

「親方はうちの人と手分けして口入れ屋さんを当たっているようです。何んでも亀戸村を廻っていた口入れ屋さんに男の赤ん坊が預けられたみたいなんですよ。でも、人別を移した様子もなく、十年以上も経ってから行方知れずになっているとわかったそうです。そこには色々と深い事情もあるみたいですよ」

おふさも口を挟む。

「おふさは口入れ屋の世話でうちへ来たんだろう? 十年以上も前と言ったけど、同じ頃じゃないのかい。その時の口入れ屋も本所の村を廻っていたんだろう?」

伊与太がそう言うと、お文とおふさは顔を見合わせた。

「おふさの世話をしてくれたのは馬喰町の『千石屋《せんごくや》』さんだったねえ」

お文は思い出して言う。千石屋の主はお文の客でもあった。その縁で女中をしてくれる人を頼んだのだ。

「そうです、そうです。千石屋さんです。もしかしたら亀戸村も廻っていたかも知れません。時次郎さんという中年の番頭さんでした。今も千石屋さんにいらっしゃるかどうかはわかりませんが」

おふさも思い出して言った。

「お父っつぁんに知らせたほうがいいよ」

伊与太の言葉におふさは慌てて腰を上げた。

「お茶、ごちそう様です。お内儀さん、急いで帰りましょう」

「あい、そうだね。おためさん、お世話になりました。今後とも息子をよろしくお願い致します」

お文はおために頭を下げると、庭から外へ出て行った。帰りはおふさが大八車を引くと言った。やれやれ、ようやく帰ってくれたと、伊与太はほっとした。使った湯呑を片づけようとすると、おためが制した。

「あたしがやりますよ。伊与太ちゃんのおっ母さんは、きれいな人ですねえ」

おためは上気した顔で言った。

「きれえでも、きれえでなくても母親は母親ですよ」

伊与太は照れたように応えた。

同じ頃、伊三次は本所五ツ目の弥次郎の自身番を訪れ、平吉が千石屋へ預けられたこい。

とを知った。弥次郎は小梅村に嫁いだ喜一の次女の口から見世の屋号を聞き込んだらしい。

平吉は千石屋を介して子供のいない夫婦者の養子になったという。その時の人別の扱いにも伊三次は疑問を持ったが、千石屋が何か手立てを考えたのだろう。しかし、その後、平吉の養父母が火事で命を落としたらしいと次女は、母親から聞いたという。次女が平吉も死んだのかと訊くと、母親はわからないと応えたそうだ。祖母のおかつに訊こうとすると、母親は、おやめと制した。本所の家を仕切っていたのはおかつだったので、母親は迂闊《うかつ》なことを喋って機嫌を損《そこ》ねたくなかったらしい。平吉が養父母と一緒に命を落としたのか、それとも無事に助けられたのか、その時点ではわからなかった。もしも火事で命を落としているとしたら、平吉は、よくよく運のない子供だと思った。とり敢えず、千石屋だ、と伊三次は胸に呟いた。おかつには人別をないがしろにしたことで、奉行所のお叱りがあるだろうと弥次郎は言った。もっともな話である。大人の都合で振り回された平吉の気持ちになってみろ、と伊三次は怒りが込み上げたものだ。

弥次郎の自身番に行った帰りに両国橋を渡り、馬喰町の千石屋に向かった。口入れ屋は奉公する者と雇う者から口銭を取って商売をしている。中には女衒《ぜげん》のようなあこぎな商売をする口入れ屋もいるが、千石屋はその中でも比較的、真っ当な見世だと評判が高かった。

当時、本所の村々を廻っていたのは時次郎という番頭だったが、時次郎は病を得て、その後、見世を辞めていた。伊三次が平吉の名前を出すと、帳場格子の中にいた番頭は、何しろ古い話なので、わかるかどうかと心許ない表情になった。それでも、内所（経営者の居室）にいる主に訊きに行ってくれた。

ほどなく現れた主は六十がらみの、頭が禿《は》げ上がった男だった。唐桟《とうざん》の着物と対《つい》の羽織を纏《まと》い、なかなか貫禄があった。

「平吉という子供の行方を探っているそうで」

主は少し疑うような目つきで訊いた。

「へい。手前、廻り髪結いをしている伊三次って者ですが、八丁堀の御用聞きの親分に頼まれて平吉の行方を追っておりやす。平吉のふた親は夫婦別れしておりやす。平吉はてて親の実家に引き取られやしたが、その後、こちらさんのお世話で養子に出されたと伺いやした。ところが、養子に出された家が火事で焼け、親も焼け死んだそうです。平吉が無事かどうかもわかりやせん。八丁堀の親分が平吉の足取りを探っているのは、人別がてて親方のひい婆さんの許に置かれたままになっていたからですよ。実の母親は平吉が行方知れずになっていることを、大層、心配しておりやす。無事でいたら、引き取りたいと言っているそうです」

「なるほど」

千石屋の主は肯いて座り直し、小僧に茶を出すよう命じた。構わねェで下せェと言葉を掛けてから、伊三次は店座敷の縁《へり》にそっと腰を下ろした。

「平吉に実の親がいたんですか」

主はため息交じりに言った。

「へい。旦那はご存じなかったんですかい」

伊三次は怪訝な眼を向けた。

「平吉は捨て子と聞かされておりました。番頭がそのように扱ったのでしょう。まだ赤ん坊でしたので、捨て子なのに名前がわかっていることが少し不思議でしたが、世話をしてくれる夫婦が見つかったということで、そのままにしておりました。その後、火事が起きたことは手前も聞いております。幸い、平吉の命は助かりました。継母が必死で平吉を守ったのでしょうな」

平吉が無事と聞かされて、伊三次は思わず安堵の吐息をついた。

「しかし、命は助かったものの、平吉はふた親を亡くし、またも天涯孤独の身の上となってしまったのです。馬喰町の町役人と相談して、しばらくは鳶《とび》職の頭《かしら》の家で面倒を見て貰っておりました。それから八歳ほどになった時、質屋に奉公に出たのですよ。横山《よこやま》町《ちょう》の『大黒屋《だいこくや》』という見世でございます」

主は、すらすらと続けた。

「そいじゃ、平吉は今もその質屋にいるということですかい」

伊三次の声が思わず上ずった。

「その通りですよ」

主はようやく表情を和らげた。

「実の母親が、ずっと平吉を待っておりやす。知らせてやれば喜びやす」

「是非、そうしてやって下さい」

主がそう言うと、伊三次はせっかく出された茶も飲まず、そそくさと暇乞いした。大黒屋へ行き、実の母親のことを早く知らせたかった。

五

伊三次が玉子屋新道の自宅へ戻ったのは、暮六つ（午後六時頃）をとうに過ぎた時刻だった。伊三次はすっかりくたびれていた。

お文が、行方知れずの子供を養子に出す世話をしたのは千石屋さんじゃないのかえ、と張り切って言ったのにも、ああ、と生返事で応える。

「まだ、見つからないのかえ」

お文は心配そうに訊く。

「無事に見つかったよ」

「本当かえ」

お文は自分のことでもないのに嬉しそうだった。もちろん、伊三次だって嬉しかった。

千石屋の帰りに大黒屋へ寄り、そこにいた前髪頭の小僧を見た途端、伊三次に安堵の吐息が洩《も》れた。ようやく辿り着いたと思った。

平吉は店座敷で客の相手をする番頭の横できちんと正座していた。質屋の商売を早く覚えようとする姿勢が感じられた。色白で二重瞼の可愛い小僧だった。

「お越しなさいませ」

まだ声変わりしていない澄んだ声が伊三次の耳に快く響いた。

「ちょいとお訊ね致しやす。お前ェさん、平吉という名前じゃねェですかい」

伊三次は一応、確かめるつもりで訊いた。

「ここでは平助と呼ばれておりますが、実の名は平吉でございます」

「さいですか。ずっとお前ェさんを捜していたんですよ」

「どういうことでしょうか」

平吉は僅《わず》かに首を傾《かし》げた。

「お客様、うちの平助に何か粗相でもありましたでしょうか」

分別臭い顔をした番頭が心配そうに訊いた。

「いや、この小僧さんは捨て子として鳶職の頭の家からこちらさんに奉公するようになったと聞いて参りやした。申し遅れやしたが、手前は八丁堀の玉子屋新道で髪結いをしておりやす伊三次という者です。商売の傍《かたわ》ら、八丁堀の旦那の御用も助けておりやす」

「それが何か」

「小僧さんには実の母親がおりやす。ずっと小僧さんのことを案じておりやした」

そう言うと、平吉は信じられないという表情で番頭の顔を見た。突然のことで、どうしたらよいのか訳がわからなかったらしい。番頭が相手をしていた客は、それじゃ、わたしはこれで、とそそくさと帰って行った。その時も平吉は丁寧に外まで客を見送っていた。奉公人としての心得はしっかり叩き込まれているらしい。健気《けなげ》なものだと伊三次は内心で感心したが、平吉が健気であればあるほど不憫なものも感じた。

「平助は捨て子じゃなかったんですか」

客が帰ると、番頭は改めて驚いた顔になった。伊三次はこれまでの経緯をかい摘まんで話した。番頭はそれを聞いて素直に喜んでくれたが、反対に平吉は泣き出した。ひとりで耐えて来たものが、ここに来て、いっきに弛んだのだろう。

「で、平助は実の母親に引き取られることになるのでしょうか」

番頭は伊三次が話を終えると、少し心配そうな表情で訊いた。

「今後のことは母親を交じえて相談して下せェ。平吉はせっかくこちらさんに奉公したんですから、手前はこれからも奉公を続けたらいいと思っておりやす。平吉はもう大人だ。男なら仕事をしなけりゃなりやせんからね。ただ、そこに親がいるといないとでは、大違いですよ」

「おっしゃる通りでございます」

番頭は得心の行った顔で肯いた。

「しかし、手前は平吉の母親の居所を、はっきりと知りやせんので、これから八丁堀に戻り、御用聞きの親分に訊いてから改めて参りやす」

伊三次は番頭と平吉の顔を交互に見ながら言った。

「番頭さん、わたしに時間を下さい。お願いします。このお客様と一緒に行って、おっ母さんの家に行き、会って来たいのです」

平吉は切羽詰まった様子で言った。我儘《わがまま》を我慢していた平吉の、それが初めての我儘だったのかも知れない。母親を恋しがる平吉の気持ちが切なかった。番頭は少し思案顔をしたが、いいでしょうと応えた。

「よろしいんですかい」

伊三次も確かめる。

「この子はおとなしくて真面目なんですよ。こういう時ぐらい、言う通りにしてやらなければ。それで、平助。おっ母さんに会えたら積もる話もあるだろうから、よかったら泊まっておいで。明日の朝、朝めしを食べたら戻って来なさい」

番頭がそう言うと、平吉は、もはや下駄に足を通していた。相当に気がはやっていたらしい。

「そいじゃ、小僧さんを確かにお預かり致しやす」

伊三次はそう言って大黒屋の外に出た。

平吉の眼はすでに西に向いていた。松助の自身番に寄り、おさえの居所を聞いたら、そちらへ向かうつもりだった。松助は一緒に行くと言うかも知れない。おさえの喜びと驚きの顔を想像するだけで胸が熱くなった。

「お客様、早く、早く」

平吉は十一、二歳の子供に戻って伊三次を急かした。

それから松助の自身番に行くと、松助は相変わらず、大家や書役、名主の手代とともに人別の帳簿作りに余念がなかった。

「松さん、平吉が見つかりましたぜ」

そう言うと、松助は驚きで眼をみはった。平吉の頭のてっぺんから爪先まで、まじまじと眺め、しばらく言葉が出なかった。大家の善右衛門は「よく無事でいてくれたねえ」と眼を赤くして喜んでくれた。書役も名主の手代も、よかった、よかったと笑顔で言った。平吉は知らない人間が自分を心配していたことに居心地悪そうな表情だった。

「皆んな、お前ェの無事を祈っていたんだよ。何しろ、お前ェは行方知れずの扱いになっていたからよ」

伊三次は噛んで含めるように平吉に言った。

「それでお客様はわたしのことを捜していたのですか」

「ああ、そうだとも。まだ赤ん坊だったお前ェが生きているのか死んでいるのか、さっぱりわからなかったからな」

「色々、お世話になりました」

平吉は改まった顔で自身番にいた者に頭を下げた。

「そいじゃ、おっ母さんの所に行くとするか。きっと、おさえさんは驚くぜ」

松助は機嫌のよい声で促した。

伊三次は、おさえと平吉が抱き合って涙にくれる図を想像していたが、実際はそうならなかった。いや、おさえは感極まって平吉に縋《すが》りついたが、平吉はどうしてよいかわからず、傍にいた伊三次の顔色を窺《うかが》うばかりだった。平吉は戸惑っている様子だった。無理もない。十年以上も平吉は実の母親のことなど知らずにいたのだから。

「平吉、おさえさんは本当のおっ母さんだ。何も遠慮はいらねェ。存分に甘えていいんだぜ」

伊三次は、それぐらいしか言えなかった。

おさえの亭主と同居している長男が出て来て、待ってたぞ、平吉、と言葉を掛けると、ようやく平吉に笑顔が見えた。

「うちの子だ。平吉はうちの子だ」

おさえは興奮した声で何度も言った。無事に平吉をおさえに引き渡し、伊三次と松助の用も済んだ。

「お店の番頭さんから、ひと晩、泊まる許しも得ておりやす。親子でゆっくりと話をして下せェ」

伊三次はそう言った。平吉はおさえとおさえの家族に促されて家に入って行ったが、土間口で、ふと振り返った。その顔が、これでいいのか、と言っているようだった。

伊三次は黙って肯いた。平吉は安心したように肯き返した。

「今夜はご馳走を拵えなきゃ」

おさえの弾《はず》んだ声が、その後で聞こえた。


「お疲れさんだったねえ」

お文は伊三次の労をねぎらう。

「その平吉って子はお吉と同い年ぐらいだとお前さんは言っていたね。だから、他人事《ひとごと》とは思えずに捜し回ったんだろう?」

お文は伊三次の気持ちを慮《おもんぱか》って続ける。

「ああ。あの年で色々苦労をして来たのよ。大人の言うことを、はいはいと聞いて、いい子供だった。だが、今まで寂しいこともあっただろう。それを思うと切なくてな」

「あたしと同じ年頃じゃなかったら、それほど力を入れて捜さなかったってこと？」

お吉が不満そうに訊いた。

「多分な」

「そういう了簡じゃ駄目よ。江戸には行方知れずの人が何人もいるはずよ。お父っつぁんは不破様の御用も手伝っているんだから、どんな時でも親身に捜してやらなきゃ」

「生意気を言う。お父っつぁんは精一杯やったんだ。ご苦労様ぐらい言えないのかえ」

お文はお吉に文句を言った。

「お父っつぁんの苦労はわかっているよ。ごはんを食べたら足でも揉んでやろうと思っていたのよ。それなのに、おっ母さんは、ああだこうだ先に言って、ほんと、頭に来る」

「まあ、口だけは達者なこと」

「おあいにく。母親譲りなもので」

「やめろ。せっかくいい気分で帰《け》ェって来たのに下らねェ口喧嘩はするな」

伊三次はたまらず制した。

「お父っつぁん、早くごはんをお食べ。あたし足を揉むから」

お吉は伊三次の機嫌を取るように言った。

「頼むぜ」

伊三次は途端に相好を崩した。

お吉の按摩《あんま》は存外にうまかった。堅くなったふくらはぎを丁寧に揉みほぐし、背中は両手の親指で指圧した。

「うめェじゃねェか。誰から習ったのよ」

「炭町の伯母さん」

伊三次の姉であるお園のことだった。

「毎晩、伯父さんの按摩をしていたそうよ。伯母さん、お父っつぁんにもやっておやりと言ったの。きっと喜ぶって」

「そうけェ」

「今頃、平吉って子はおっ母さんと一緒に積もる話をしているのね」

「ああ」

「十年以上も会わずにいて、これからうまく行くのかしら」

「ええッ？」

お吉の言葉が意外だった。実の母親に会えて平吉は満足だろうとしか伊三次は思っていなかったからだ。

「だってさあ、知らない小母さんが出て来て、この人が実の母親だと言われても、子供にしてみれば妙な感じだろうと思うのよ。仮によ、あたしが炭町の伯母さんの所にずっと預けられていて、ある日、おっ母さんがやって来たとしたら、あたし、素直に喜べるかなあと思うの」

「お吉はへそ曲りだから、そんなことを言うんだよ。子供は誰でも実の母親に会えたら嬉しいはずだ」

お文が横から口を挟む。

「嬉しくない訳じゃないけど、何んで今まで放っといたのかと、少しは恨みに思うよ」

「だな」

伊三次は相槌を打ったが、お文は何も言わなかった。おさえに会って、平吉が戸惑った表情をしていたことに合点が行く思いだった。お吉の言うことも一理ある。

「あたし、うちのおっ母さんが何があっても子供を手放す人じゃないとわかっているから、なおさらそう思うのかも知れない」

お吉は低い声で言った。

「お吉、お前、心底そう思っておくれかえ」

お文は感激した声で訊く。

「当たり前じゃない。あたし、口喧嘩しても、心の奥底じゃ、おっ母さんを信じているもの」

お吉の言葉にお文は、しゅんと洟を啜った。

伊三次も同様だった。

「二人とも、なに泣いてるのよ。年を取ると涙もろくなるって言うけど、本当ね。ああ、やだやだ」

お吉はそう言うと、指に、ぐっと力を込めた。伊三次は痛ェ、痛ェと悲鳴を上げた。

手《て》妻《づま》師《し》

一

女髪結いの修業を始めた伊三次の娘のお吉は、毎日、炭町にある「梅床」に通っている。

梅床は伊三次の姉の連れ合いが営む見世なので、よそへ修業に出るよりお吉にとっては気楽なはずだ。お吉は伊三次の姉のお園と一緒に台所仕事をこなし、病《やまい》で床に就《つ》いている連れ合いの十兵衛の世話も親身にしているようだ。それはお吉にとって、今までとさほど変わらない。ただ、一応は修業なので、以前は梅床に行くのが三日に一度ぐらいだったものが、毎日となっただけだ。

「前と何んにも変わっちゃいないのよ。これで修業と言えるのかしらん」

お吉は、ぼやく。

「お前は倖せだよ。修業先が実の伯父さんと伯母さんの所になったんだから、余計な気遣いもいらないだろうし。よその子は親方やお内儀さんの顔色を窺いながら修業をしているんだよ」

伊三次の女房のお文はそう言う。伊三次は朝早くから八丁堀の亀島町にある不破家へ髪結いに行っていた。お吉も朝めしを食べたら、すぐに梅床へ向かうところだった。住み込みではなく、通いにして貰っているのはお吉もありがたいと思っている。お蔭で時刻になれば家に帰り、夜は自由に過ごすことができるからだ。しかし、周りの人間から恵まれている、倖せだと毎度言われる内、お吉は自分の気持ちと、なじまないものを感じているらしい。生意気盛りなので、反発するものもあったのかも知れない。

「だけど、肝腎の髪結いの仕事は伯父さんも利助《りすけ》さんも全く教えてくれないの。あたし、早く仕事を覚えたいのに」

お吉は不満そうにお文に言った。利助は十兵衛の弟子で、病に倒れた十兵衛の代わりに梅床をとり仕切っている男だった。

「当たり前だよ、そんなこと。九兵衛を見ていたらわかりそうなものじゃないか。何年も親方の家の雑用をして、それからようやく髪結いの修業に入るのさ。九兵衛は、ただ雑用をしていただけじゃないよ。お父っつぁんの仕事ぶりをいつも真剣に見ていたよ。まずは見て覚えたのさ。だから、本格的な修業に入った時、あまりまごつくことはなかったはずだ」

九兵衛は伊三次のたった一人の弟子である。お吉が生まれてもの心ついた時は、すでに傍にいた男である。どんな修業ぶりだったのか、お吉はよく覚えていなかった。

「とにかく、一人前の髪結いとなるには長い年月が掛かるってことだ。それを辛抱《しんぼう》できるかできないかが分かれ道さ。だが、これだけは言える。途中で修業を放り出した者は、他の仕事をしても、やっぱり続かないのさ」

お文は懇々《こんこん》とお吉を諭《さと》す。

「そんなことはないと思うよ。どうしても自分に合わない仕事だったら、すっぱり諦めて、もっと自分が打ち込める仕事を見つけるほうが利口だと思うけど」

お吉は反論した。お文はその拍子に顔をしかめた。

「仕事は何んでも辛いものさ。たったひと月やふた月で弱音を吐くんだったら、やめておしまい」

「あたし、弱音なんて吐いてないよ。ただ、早く仕事を覚えたいと言ってるだけじゃない。何よ、修業は何年も掛かるだの、仕事は何んでも辛いものだのと、こっちの気が滅入ることばかり言って。母親なら、もっと優しく励ましてくれてもいいじゃないの」

「きィちゃん、おっ母さんに向かって、その言い種《ぐさ》は何んですか」

見かねて、女中のおふさが口を挟んだ。

「何よ、おふささんまでおっ母さんの肩を持って。二人ともあたしの気持ちなんて、ちっともわかってくれないんだから」

「お前の気持ちって何さ」

お文は醒《さ》めた眼でお吉を見た。

「あたしは、楽しく修業して仕事を覚えたいの」

途端、お文は顔色を変えた。

「ばかも休みやすみお言い。誰が楽しく修業する者がいる。ああ、そういう了簡じゃ、お前が女髪結いになるのは夢のまた夢だ。さっさと見切りをつけて、花嫁修業でもしたほうがましだ」

「おっ母さんのばか！」

お吉はそう吐き捨てると、下駄を突っ掛けて外に飛び出した。そのまま、梅床に向かったようだ。お園にお文の言葉を伝えて慰めて貰いたいのだろう。お園も十兵衛もお吉には甘い。お文は、時々、それが気になっていた。

「誰に似て、あんな意地っ張りになったんだか」

お吉が出て行くと、お文は独り言のように呟いた。おふさが、含み笑いを堪える表情で、そりゃ、お内儀さんでしょう、と応える。

「わっちに似てるって？　だけど、伊与太は、あんなもの言いはしないよ」

お文は納得できない様子でおふさを見た。

「息子と娘じゃ違いますよ。息子は母親に優しいですからね。ところが、娘となったら、同じ女として母親を見るので、時には気に入らないと思うこともありますよ」

おふさはため息交じりに言う。

「お前もそうだったのかえ」

「ええ。あたしの母親は何んでも自分の思い通りに事が運ばなければ気が済まない人なんですよ。それでいて、人の眼を気にするところもあるんです。杉《すぎ》の家《や》のおかみさんは、できたお人だと言われると、もう、嬉しくてたまらなくなるんですよ。お世辞を言ってるだけなのに」

おふさの実家は葛飾村《かつしかむら》にあり、家の傍に大きな杉の樹が植わっているので、近所の人々から杉の家と呼ばれているという。

「お前は、そんなおっ母さんがいやだったのかえ」

「いやでしたね。娘はいずれ嫁に行くものだから、台所仕事や裁縫の腕を身につけてやれば、それだけでいいと思っていたようです。兄や弟に比べ、あたしと妹達は差別されて育ちましたよ。早い話、ごはんのお菜《さい》も兄や弟は、あたし達より一品多かったんです。文句を言うと、それなら食べるなって怒るんですよ。あたし、子供ができても、そんな差別はするまいと肝に銘じておりました」

「そうかえ。実の母親でも色々あるんだねえ」

実の母親に育てられたことのないお文は、おふさの言葉が意外に思えた。

「わっちもお吉に対して、おふさのおっ母さんのようなところがあるんだろうか」

お文は、ふと気になった様子で続ける。

「お内儀さんは、確かにきィちゃんには厳しいところがありますけど、でもそれは母親として当たり前のことですよ。何より、お内儀さんには情愛が感じられます。そこがうちの母親とは違いますよ」

「お吉は可愛いと思っているよ。だけど、可愛いだけじゃ済まされない。大人になって世の中のことが何もわからなかったら、お吉が苦労することになる。だからわっちは心を鬼にして、言い難《にく》いことも言ってるんだよ。周りの大人はお吉を持ち上げることしか言わないからさ」

「お内儀さんのお考えの通りでよろしいと思いますよ。度が過ぎた時は、女中の分際で何んですけど、あたしはお内儀さんに意見するつもりですから」

「頼むよ、おふさ」

お文は、ほっとしたように笑った。

そんなやり取りがあったことなど伊三次は知らなかった。不破家の髪結い御用を終え、梅床に行くと、お吉が妙に白けた表情をしていたのが気になっただけだ。

「うちのお吉、何か粗相をして姉ちゃんに叱られたのけェ？」

そっと利助に訊くと、さあてね、何があったか知れねェが、朝から泣いていましたぜ、と応えた。

「ま、難しい年頃だから、ちょっとしたことでもめそめそしてしまう。可愛がっていた野良猫でも死んだんじゃねェか」

利助は別に気にするふうもなく続ける。

（そんな野良猫はいねェ）

胸で思ったが、伊三次は口にしなかった。

その日は深川の丁場を廻る予定だったので、後のことは利助と九兵衛に任せて伊三次は梅床を出た。お吉が泣いていた理由を知ったのは、仕事を終えて家に戻った後だった。お文はお座敷が掛かったので、その夜は家にいなかったが、おふさが朝にお文とお吉がやり合ったことを教えてくれた。

何んだ、そんなことかと伊三次は心底、安堵したが、お吉はその夜も元気がなかった。

そんなお吉だったが、たちまち笑顔を取り戻した。というのも手習所の師匠である笠戸松之丞《まつのじよう》が、お吉と他の二人の娘の送別会を開いてくれることになったからだ。お吉は梅床で修業を始める時、お文と一緒に松之丞の家に行き、今まで世話になったお礼と手習所を辞める挨拶をした。

他の二人の娘も、一人は米屋に女中奉公に出て、もう一人は裁縫の稽古を本格的にするために手習所を辞めている。三人はなかよしだったので、一緒に辞めることを決めたらしい。

松之丞は弟子が三人も辞めたことを大層、残念がっていたが、女の子は、いつまでも手習所へ通う訳には行かない。あと数年経てば縁談もあろうというものだった。

松之丞は三人の娘達を可愛がっていた。辞めます、あい、そうですか、では愛想なしだと思ったようで、一日だけ休みを貰い、娘達が行きたい所へ連れて行き、戻って来たら松之丞の妻が手料理を振る舞うという手はずをつけた。

それには三人の娘達も大喜びだった。ただ、お吉と裁縫の稽古を始めたおすみに問題はなかったが米屋へ女中奉公に出たおてつが、果たして休みが貰えるかどうかが気懸りだった。しかし、おてつの父親が、そういうことだから畏れ入りますが、一日だけ休みをいただかせて下せェ、その代わり、お盆の藪入《やぶい》りは家に戻さなくて結構ですんで、と頭を下げ、ようやく娘達の願いが叶ったのである。

どこへ行きたいのかと訊いた松之丞に三人の娘達は即座に浅草・奥山《おくやま》で手妻《てづま》(手品)を見たいと言ったらしい。花川戸鶴之助《はなかわどつるのすけ》は近頃評判の手妻師だった。鶴之助は二十歳の若者で、その技《わざ》もさることながら、異人のような風貌をしている。贔屓の若い娘達は鶴様と呼んで誰しも胸をときめかせていた。

手妻は手を稲妻のようにすばやく動かすことからそう呼ばれるが、他に手妻の嚆矢《こうし》である玉を使った技に由来して品玉《しなだま》とも呼ばれた。

鶴之助の手妻は、他の手妻師の技をはるかに超えていた。それは奇術、幻術の領域にも及ぶ。

金魚を泳がせているギヤマンの水槽の横から手を入れて金魚を摑んで見せたりする。それには客の誰もが度肝《どぎも》を抜かれる。金魚を取り出した後の水槽は何事もなく、元通りとなっている。また、小さな塗りの香箱《こうばこ》から大量の折鶴を出して、舞台に散らし、しかもその後、瞬時にその折鶴を消してしまうという。


手妻には必ず種があるはずだが、鶴之助の種明かしは容易に察しがつけられなかった。それだからこそ、人気も相当のものだったのだろう。

同行した松之丞も、最初は子供だましと思っていたが、お吉達と見物している内に引き込まれたらしい。その後、八丁堀・地蔵橋《じぞうばし》の松之丞の家に戻ったが、妻の美江《みえ》が、せっかく腕を振るった手料理にも三人の娘達は上の空で、盛んに鶴之助の話ばかりしていたという。

いい加減におし、と制しても言うことを聞かない。それほど鶴之助には若い娘達を魅了する力があったようだ。お吉があまりに鶴之助の話をするものだから、おふさの息子の佐登里《さとり》は自分も鶴之助の舞台を見たいと駄々を捏《こ》ねた。おふさは仕方なくお文に時間を貰って佐登里を奥山へ連れて行った。

するとお吉の口からその名前が出ない日はなかった。お文が鶴様、鶴様――しばらくの間、

二

するとお木乃伊《みいら》取りが木乃伊になるのたとえもあり、おふさまで鶴之助に夢中になってしまった。伊三次とお文は、そんなおふさに苦笑していた。

鶴之助の名前を知ったことは伊三次にとって偶然だったが、梅雨が明け、江戸が油照りの夏を迎えた頃に浅草・奥山の座元《ざもと》（興行主）が殺されるという事件が起きた時、何やら因縁めいたものを感じたものだ。殺されたのは鶴之助が舞台をつとめる見世物小屋の座元だったからだ。

権九郎《ごんくろう》という四十三歳の座元は小屋が引けた後、金主《きんしゅ》（興行の出資者）と一緒に馬道《うまみち》にある「富士屋《ふじや》」という料理茶屋の離れ座敷で酒を飲み、料理を堪能した。その後、金主は先に帰ったが、権九郎は飲み足りなかったようで、なじみの居酒見世《いざかみせ》で、さらに二

合ほど酒を飲んだという。

居酒見世のおかみは、大夫《たゆう》は少し酔っておりましたが、正体をなくすほどじゃありませんでしたよ、と言っていたらしい。権九郎は周りの人間から大夫と呼ばれていた。

居酒見世を出た権九郎は自宅に帰らず、なぜか見世物小屋に再び戻り、そこで何者かに匕首《あいくち》で刺されて死んだのである。刺された場所が小屋の桟敷《さじき》の隅だったので、翌朝、小屋の若い者が出て来るまで誰にも気づかれず、そのままになっていたという。権九郎の女房は亭主が夜になっても家に帰らないことが多かったので、さして気にもしていなかったようだ。

伊三次が権九郎の死を知ったのは北町奉行所臨時《りんじ》廻《まわ》り同心の不破友之進からだった。毎朝の髪結い御用をしていた時に伝えられ、それとなく近所の聞き込みをするよう命じられた。

「下手人の目星はついているんですかい」

伊三次は鬢付油《びんつけあぶら》を不破の髪に揉み込みながら訊いた。

「いや、怪しいと言えば、小屋にいる者がすべて怪しくなる。権九郎という座元は、かなりあこぎな男で、外面《そとづら》はいいんだが、手前《て》ェ《め》の手下には邪険なやり方をしていたらしい」

「見世物小屋の座元で、あこぎじゃねェ者を捜すのは却って、てェへんですよ」

「いかさまな」

不破は皮肉な表情で相槌を打つ。

権九郎の小屋の舞台に立つのは鶴之助のような手妻師ばかりでなく、講釈《こうしやく》、落《お》とし噺《ばなし》、軽業《かるわざ》、女浄瑠璃《むすめじようるり》など様々だった。役者は待遇の点で多かれ少なかれ、権九郎には不満を持っていた。

鶴之助はその中でも強く不満を抱いていたようだ。小屋の木戸銭は三十二文と高直《こうじき》だが、客は鶴之助の舞台を見たいがために、せっせと通って来る。一日の木戸銭の上がりだけで相当な額になるはずだ。しかし、鶴之助に渡されるものは呆れるほど少ない額だったらしい。菰《こも》掛《が》けの芝居小屋といえども、役者や使用人を含めると四十人近い数になる。それぞれに給金を渡すとなれば、鶴之助がどれほど評判を取ろうとも、小屋の維持は大変だ。だが、鶴之助にすれば、舞台に立つためには衣装代や化粧代、小道具代が掛かる。もう少し色をつけてくれても罰は当たらないだろうと考えていたようだ。

鶴之助は給金を上げない権九郎に業を煮やし、別の小屋へ鞍替《くらが》えすると言ったことがあった。

すると権九郎は小屋の若い者を使って、鶴之助をひどく痛めつけ、二度とそんな口を利いたら息の根を止めるぞと脅《おど》したらしい。

鶴之助が権九郎から逃れるためには、奴を殺すしかないと考えたとしても不思議ではなかった。

不破は取り調べを踏まえ、そのようなことを伊三次に語った。下手人の目星はついていないと言ったが、奉行所は鶴之助に強い疑いを持っているようだ。

鶴之助は事件当夜、小屋が引けると自宅がある花川戸町の裏店に戻り、一緒に暮らす祖母とふたつ下の弟と晩めしを食べ、それから弟と手妻の稽古を一刻ほどして床に就いたという。その話だけでは、鶴之助の疑いは晴れない。何しろ手妻師だ。人を欺《あざむ》く術《すべ》には長《た》けている。

不破の髪結いを終えて外へ出ると、どこから手をつけようかと伊三次は悩んだ。とり敢えず、浅草・奥山に行って様子を見るのが先だと考え、その日の丁場は後回しにして浅草寺《せんそうじ》の西北にある奥山を目指した。

奥山は両国広小路と遜色がないほど見世物小屋がひしめいている。小屋の大半は米藁《こめわら》細工《ざいく》、からくり細工、瀬戸物細工、貝細工、ギヤマン細工などの見世物で、曲芸の分野では鶴之助の他に、刀呑《の》みや手玉が得意の豆蔵《まめぞう》という大道芸人、軍談《ぐんだん》の伊東燕凌《いとうえんりょう》（初代）、鳴り物を使い、ひとりで八人の芸を見せる牛島登山《うしじまとざん》などが有名だった。

権九郎の小屋はさすがに興行を控えていた。奥山に来たついでに、お吉の贔屓である鶴之助の舞台を見物しようと思っていた伊三次は少し気落ちした。しかし、座元が殺されたのに、いつも通り舞台を開けているのもおかしな話だと考え直し、那智大滝《なちおおたき》で荒行《あらぎょう》中の文覚上人《もんがくしようにん》のからくり細工の小屋に入ってみた。

文覚は実在した武士であったが、十八歳の時、誤って人の妻を斬ったことから、発心《ほっしん》出家して文覚と称した。熊野《くまの》で荒行した話は大人なら誰でも知っている。伊三次も文覚の名に惹かれて小屋に入ったのだ。

大したものではないだろうと伊三次はさほど期待していなかったが、桟敷に座った途端、凝《こ》った造りに感心することしきりだった。

舞台に黒い岩を三丈（約十メートル）余り積み上げ、その間に樹木を植え込んで拵えた那智大滝は見事なものだった。滝壺の傍にある文覚の人形は手に鈴《れい》を掛けて座っていた。髪と髭《ひげ》がぼうぼうで、破れの目立つ黒衣を纏っているのも荒行の苦労が偲ばれる。

二人の男が轆轤《ろくろ》を回すと、岩のてっぺんから水が迸《ほとばし》った。最初は霧のような滝水が次第に勢いを増し、ついには大盥《おおだらい》を引っ繰り返したような凄まじさとなった。その拍子に文覚人形はカッと眼を見開き、激しく鈴《りょう》を打ち振った。小屋の外は炎天の陽射《ひざ》しが降っていたので、伊三次は思わぬところで涼を入れることができた。

小屋を出て、少し喉が渇いたので、近くの水茶屋で冷えた麦湯を飲むことにした。愛想笑いを貼りつかせた茶酌女《ちゃくみむすめ》が運んで来た麦湯を飲んでいても、伊三次の頭の中では文覚のからくり細工がくるくると回っていた。

（何やってんだか）

権九郎の小屋の聞き込みをするために奥山まで来たくせに、それとは全く関係のない見世物小屋に入り、いたく感動している自分に伊三次は苦笑が込み上げる。考えてみれば、仕事ひと筋で娯楽とは縁のない生活を送って来た伊三次である。たまにそういう場所に踏み込めば、ありとあらゆるものが伊三次を刺激してやまない。

麦湯を飲みながら水茶屋の前の通りをぼんやり眺めていると、ギヤマン細工の小屋から出て来た白髪頭の年寄りの男が下男らしいのを従えてこちらにやって来るのに気づいた。白っぽい着物に薄物仕立ての藍色の羽織を重ねた通人《つうじん》のような恰好だった。年寄りはそのまま、伊三次の近くの床几へ座った。下男は男の後ろに控え、茶酌女に麦湯をひとつ注文した。

「遠慮はいらぬ。お前も飲め」

年寄りが鷹揚に言うと、下男は、それじゃ、お言葉に甘えて、と自分の麦湯も注文した。

「ご隠居様、お疲れではありませんか。もう、七軒の小屋を巡りましたぜ。そろそろお屋敷にお戻りになり、お昼寝などなすったらいかがですか」

三十がらみの下男が年寄りの身体を心配して訊く。すでに見世物小屋を七軒もはしごするとは、かなりの見世物好きに違いない。懐に相当、余裕もあるのだろう。

「何を言うか。わしは疲れてなどおらぬ。久しぶりに鶴之助の芸を堪能しようと出て来たのに、小屋は閉まっていた。全くつまらん」

「仕方がありやせんよ。鶴之助の小屋の座元は殺されたそうですから、舞台を開けるどころじゃねェでしょう」

「ふん、つまらぬ死に方をしたものだ。手前ェだけよい思いをしていたから、そのような仕儀《しぎ》となったのだ。手前ェが使っている役者や奉公人から恨みを買って何んとする」

年寄りは権九郎を殺した者が、小屋の関係者だと当たりをつけているらしい。年寄りは六十がらみ、いや、もっと年が行っているかも知れなかった。渋紙色《しぶかみいろ》に陽灼《ひや》けした顔には黒いシミが幾つも目立つ。だが、品のよさを感じさせる顔立ちをしている。致仕《ちし》(仕事を辞めること)した後に、そうして好きな見世物小屋を巡ることで無聊《ぶりょう》の慰めとしているようだ。

伴をする下男は、いい迷惑だろう。たまの見物なら心が躍《おど》りもするが、一度に何軒もはしごするのでは、よほど好きでなければ、うんざりする。

伊三次はその隠居に話を聞いてみたい気持ちになった。何か手懸かりになりそうなことを喋ってくれるかも知れないとも思った。

「ご隠居様。不躾《ぶしつけ》を承知でお言葉を掛けさせていただきやす。手前、八丁堀で廻り髪結いをしておりやす伊三次って者です。八丁堀の土地柄、奉行所のお役人の客もおりやして、本日はこのう、権九郎という座元について、何か話を聞き込めと命じられやした。

お見掛けしたところ、ご隠居様は見世物小屋には詳しいご様子で、よろしかったら、ご存じのことを教えていただけやせんか」

伊三次は恐る恐る口を開いた。

「ご隠居様はお前に構っている暇はねェ。遠慮してくんな」

下男は小意地の悪い表情で制した。

「あいすみやせん……」

伊三次はそう言われて、素直に引っ込むつもりだったが、年寄りは権九郎の何が訊きたいのだ、と怪訝な眼で伊三次に言った。

「もちろん、権九郎をあやめた下手人の手懸かりを摑みてェんですよ。ご隠居様はさっき、小屋の役者や奉公人から権九郎が恨みを買って何んとするとおっしゃいやした。とすれば、ご隠居様は下手人が小屋の中にいるとお考えなんですね」

「他に誰がいる。権九郎には妾《めかけ》が三人もいるが、その三人も本妻とはうまく行っている。金主と諍いになっているという話も聞かぬ。ということは、後は小屋の役者か奉公人におのずと限られるというものだ」

「なるほど、おっしゃる通りですね。権九郎の小屋は鶴之助の手妻が評判を取り、木戸銭の上がりも相当のものでしたが、その割に役者へ渡す金は少なかったようですから」

「そのようなこと、座元なら当たり前だが、権九郎の場合は、ちと度が過ぎていたやも知れぬ。見世物小屋の興行はだいたい五十日と定められておる。それも隣接する寺社に御開帳《ごかいちょう》などの特別の行事があった場合に興行を許されるのだ。浅草寺は上野《うえの》・寛永寺《かんえいじ》の支配下にあるので、浅草寺から寛永寺にも興行の旨《むね》が伝えられる。寺は、見世物小屋から直接手間賃は取らぬが、見世物を見物する客がついでにお参りすれば賽銭《さいせん》の上がりもあろうというもの」

「五十日が経ったら、また興行願いを出すという訳ですね」

「さよう。権九郎は奥山を定小屋にしておるので、だいたい年に十ヵ月ほどの興行となる。残りの二ヵ月も役者と奉公人の面倒を見なければならぬので、鶴之助がどれほど客を呼んでも、おのずと渡す金は限られる。ま、権九郎は、そこら辺の事情をうまく説明すればよかったのだが、親方風ばかり吹かせておったのだろう」

見世物小屋の運営もなかなか大変なものだ。だからと言って、給金の不満から座元を殺していいという理屈は通らないと伊三次は思う。

年寄りは麦湯を飲み干すとお代わりを頼み、ついでに伊三次にも奢《おご》ってくれた。恐縮する伊三次に年寄りは遠慮はいらぬと応えてくれたが、下男は、さっさと話を済ませて引き上げてくれという表情をしていた。

「奉行所の役人は鶴之助に疑いを持っているようなんですよ。それについて、ご隠居様はどうお考えになりやすか」

伊三次は下男に構わず、話を続けた。

「なに、鶴之助に疑いが掛かっているとな」

そう言った後、年寄りは低く唸《うな》った。それからしばらくの間、思案していたが、あり得《う》る話かも知れん、と応えた。

「鶴之助てェのはどんな素性の男なんで？　いえね、うちの娘もこの間から鶴之助に夢中の態《てい》なんですよ。全く、跳《は》ねっ返りの娘でどうしようもありやせん」

「娘は幾つになる」

「へい、十二の生意気盛りですよ」

「それでもお前は可愛いだろう」

そう言われて、伊三次は胸をくすぐられるような気分だった。

「へい、可愛いですよ」

素直に応えると、年寄りは愉快そうに笑った。

「鶴之助に両親はおらぬ。祖母と弟の三人暮らしだ。その祖母が実の母親ではないかと言う者もいる。祖母というのは六十を過ぎているので、年を考えたら鶴之助を四十過ぎで産んだことになる。弟はさらに年を取ってから産んだ勘定になる。そこがそもそも半信半疑だ。ただ、祖母も若い頃は手妻で舞台に立っていたおなごで、鶴之助の芸はその祖母の直伝《じきでん》らしい。わしは祖母が舞台に立っていた頃、務めが忙しくて見る機会はなかったが、噂によればかなりの腕だったそうだ。種明かしは誰にもできなかったらしい。祖母を幻術使いだと言う者もいる。人の心を自由に操《あやつ》れるのだな。客はまんまとそれに引っ掛かるのだ」

「鶴之助は異人のような顔をしていると聞きやしたが」

「ふむ。祖母も昔から異人の血が交じっていると噂があった」

鶴之助の手妻は謎が多いが、その素性もまた謎めいている。いったい、鶴之助とはどのような若者なのだろうか。伊三次の胸にむくむくと好奇心が湧き上がっていた。

年寄りは、いずれ見世物小屋案内というべき書物を上梓《じょうし》する予定だと伊三次に語った。

「そいつは楽しみですね。手前も是非、読ませていただきてェものです」

伊三次は愛想のつもりで言った。世辞のうまい男だと、年寄りは皮肉な言葉を返したが、眼は笑っていた。

三

権九郎の小屋が閉まっている間、役者や奉公人は何をしているのだろうか。自宅で待機しているか、はたまた別の小屋へ雇ってくれるよう運動しているのだろうか。

伊三次は年寄りの話を聞いて、鶴之助もそうだが、祖母にも興味を覚えた。住まいを訪れ、話を聞いてみたいと思ったが、あいにく正確な居所がわからなかった。それで、以前に訪れたことのある花川戸町の自身番を訪れた。差配の常助《つねすけ》と書役の亀蔵《かめぞう》、それに土地の御用聞き（岡っ引き）の善蔵《ぜんぞう》なら同じ町内のことでもあるし、鶴之助の事情を詳しく知っているに違いない。

自身番は油障子を開け放し、太っちょの常助は暑さに往生して盛んに団扇《うちわ》を煽《あお》いでいる姿が見えた。

「ごめんなすって」

声を掛けると、常助は団扇の手を止め、こちらを見ると、おや、髪結いの伊三次さんじゃないですか、ずい分、しばらくだったねえ、と笑顔で言った。

「ご無沙汰致しておりやす。その節はお世話になりやした」

「何をおっしゃいます。お世話なんて何もしておりませんよ」

独り暮らしだった町医者が死んだ時、常助の詰める自身番を訪れて、色々、話を聞いた。今年の正月頃のことである。常助の陰に隠れて見えなかったが、岡っ引きの善蔵も顔を覗《のぞ》かせた。この善蔵が町医者の面倒を親身に見ていたので、事情を知ることができたのだ。

「わざわざ、こっちまで来たってことは、またぞろお上の御用けェ？」

善蔵は訳知り顔で訊く。汗と埃で煤《すす》けたような顔をしている。善蔵は三十半ばの中年の男だった。名前は知っていたが、伊三次が善蔵に会うのは初めてだった。だが、常助から伊三次のことは聞いていたらしく、初対面にも拘《かかわ》らず気さくな言葉を掛けてくれた。

「親分には敵《かな》わねェ。図星ですよ」

伊三次は首の後ろに手をやり、苦笑交じりに応えた。

「で、お前ェさんが探っている山は何よ」

善蔵は真顔になって訊いた。

「へい。奥山の見世物小屋の座元が殺されたんで、それについて聞き込みをしておりやす。手前は今さっき、奥山に行ってめェりやした。たまたま、見世物好きのご隠居と出くわしまして、色々、小屋のことを教えていただきやした。殺された座元の小屋には鶴之助という近頃評判の手妻師がおりやして、居所が花川戸町ということでしたが、詳しいことはわからねェんで、こうしてお訊ねに上がった次第でさァ」

伊三次は商売道具の台箱を傍らに置いて言った。善蔵はその台箱をじっと見て、ふと思いついたように、大家さん、髪ィ、結って貰いやせんか、と常助に言った。

「そ、そうですね。伊三次さん、時間がありますか。何ね、今晩、秋祭りの寄合があるんですよ。浅草の日那衆もやって来るので、むさ苦しい頭をしているのもどうかと、親分と亀さんと相談していたんですよ。しかし、この暑さじゃ、町内の内床《うちどこ》に出かける気にもなれず、ぼやぼやしている内に昼になってしまいましたよ」

「え？　よろしいんですかい」

伊三次は思わぬ所で仕事にありついたことに面喰らっていた。まあ、三人の頭をやっつけた後でも鶴之助の裏店に行く時間はあるだろうと思った。手間賃は三十二文だと念を押してから、まず、善蔵から仕事を始めた。髭は朝に剃《そ》ったから頭だけでいいと言う。丁寧に髪を梳《す》くと、善蔵に持たせた毛受《けう》けに、盛大に白いふけが溜まった。

「親分、たまに頭を洗って下せェ。地肌に悪いですぜ」

余計なことだが、伊三次はそう言った。

「洗わねェでいるとどうなる」

「禿げますぜ」

途端に、善蔵は慌てて、洗う、洗うと応えた。存外に素直な男である。

「で、鶴之助の居所に行って、お前ェさんは奴に何を訊くつもりだ」

善蔵は伊三次の話を忘れていなかったようで、そう言った。人の話はちゃんと聞く男らしい。

「そりゃ、事件のことですよ。鶴之助は小屋の座元とあまりうまく行っていなかったようですから、下手人の疑いも掛かっておりやす」

「うん、近々、鶴之助をしょっ引くことになるかも知れねェ。その前にトンズラでもしようものなら、こいつは決まりだろう」

善蔵にも奉行所の同心から、そんな申し送りがあったらしい。しょっ引くとなれば、後の取り調べは奉行所がするので、伊三次の出る幕はない。しかし、不破にはそれなりに聞き込みしたことを伝えておかなければならなかった。

「トンズラする恐れがあるんですかい」

梳き櫛でさらに頭を梳くと、善蔵は気持ちよさそうに唸り声を上げた。

「まあ、その心配はねェと思うが、念のため、奴の動きに気をつけているよ。だが、鶴之助は何しろ手妻師だ。しょっ引かれたとしても様々な策を講じて役人を振り回すだろう。ひと筋縄じゃ行かねェよ」

善蔵は吐息交じりに応える。

「鶴之助はふた親がおらず、祖母《ばあ》さんと弟の三人暮らしと聞きやした。祖母さんが実の母親じゃねェかと言う人もおりやす。祖母さんも昔は手妻師だったそうじゃねェですか」

「誰に訊いた？」

振り向きそうになった善蔵の頭を伊三次は制した。

「ですから、奥山で出くわした隠居からですよ」

「ふくべの旦那じゃないでしょうか」

横から常助が口を挟んだ。

「あいにく、名前は聞いておりやせん。傍に口うるせェ下男がついておりやしたんで、余計なことを訊いて、へそを曲げられてもつまりやせんので遠慮致しやした」

「やはり、ふくべの旦那ですよ。旦那はさる藩のお屋形《やかた》様でしたが、ご子息に家督を譲って隠居された後は、見世物小屋巡りをしていらっしゃいます。相当に見世物がお好きなんでしょう」

「ふくべ様とおっしゃるんですか」

「いえいえ、隠居されてから、ご自分でふくべ庵風流斎《あんふうりゅうさい》と名乗っていらっしゃいます。瓢簞《ひょうたん》が揺れる様子を、見世物小屋をふらめいていらっしゃるご自分にたとえて、そんな酔狂な通《とお》り名をつけたんでしょう」

「見世物小屋を巡ったことを書物になさるようなこともおっしゃっておりやした」

「ああ、あの方なら見世物小屋のよい手引書が書けるはずですよ」

常助はまた団扇を使いながら応えた。

「おりさ婆さんは、何んでも長崎から流れて来たらしい。南蛮仕込みの手妻を披露するんで、死んだ権九郎のてて親が見つけて、舞台に立たせたのよ。これが結構、当たった。おれも、餓鬼の頃、おりさ婆さんの手妻を見たことがあるぜ。あの頃は、そりゃあ、きれいだった」

善蔵が言ったおりさ婆さんとは鶴之助の祖母のことらしい。

「異人の血が交じっているという噂もありやすが」

伊三次は奥山で会った年寄りの言葉を思い出して言う。

「ああ、そうかも知れねェな。顔つきが違っているわな。多分、おりさ婆さんの母親は長崎の出島にいる阿蘭陀《オランダ》人相手の女郎だったんじゃねェか。しかし、何分にも大昔の話なんで本当のことはわからねェ。その先はお前ェさんが直接おりさ婆さんに訊きな」

「おりさ婆さんという人は、手前に話してくれますかね」

「そいつはお前ェさん次第だ」

善蔵は突き放すように言った。善蔵の後に常助と亀蔵の頭をやったので、髪結いを終えると、八つ(午後二時頃)を過ぎていた。伊三次は三人に礼を述べて、ようやく自身番を出た。

四

教えられた鶴之助の裏店は自身番からそれほど離れていなかった。しかし、古い裏店は見慣れていたが、権太長屋《ごんたながや》と呼ばれる裏店は、ひどい荒れようだった。門口《かどぐち》からして立ち腐れており、地震でも起きたら、あっという間に崩れ落ちてしまうだろう。そこは権九郎の父親が家主で、父親が死んだ後は権九郎が引き継いだという。権九郎はそこへ自分の小屋の人間を住まわせていた。

店子が自分の手下なのをいいことに、ろくに建物の手直しもしなかったのだろう。そのくせ、店賃は当たり前に取っていたらしい。座元に対する不満は給金の問題ばかりではなかったと、その裏店の佇まいを見て伊三次は感じた。

ごみ溜めと厠の湿った臭いが鼻を衝《つ》く裏店に入ると、伊三次は善蔵に教えられた土間口前に立った。

「ごめんなすって。こちらは鶴之助さんのお宅ですかい」

低い声で訪《おとな》いを告げると、中から身じろぎする気配があり、蜘蛛《くも》の巣のような頭をした老婆が顔を出した。手拭《てぬぐ》いを接《は》いで拵えた襦袢に薄汚れた蹴出《けだ》し（腰巻き）だけの恰好だった。

「つるは出かけているよ。何んの用かえ」

それがおりさ婆さんと呼ばれる女だった。

彫りの深い顔立ちだが、何しろ皺だらけなので、異人の血が交じっているようには感じられない。そこら辺の裏店で見掛ける老婆の一人にしか見えなかった。

「奥山の座元が殺された件で、ちょいと話を聞きてェとやって来たんですがね」

「ああ、あれは悪い男だ。手前ェばかり儲《もう》けやがったから罰が当たったんだ。あいつのてて親とは大違いだ」

おりさは吐き捨てるように言う。興奮した口調のおりさを、まあまあと伊三次はいなした。

「小屋はこれからも続けるんですかね。それとも鶴之助さんは、もっと実入りのいい小屋へ移るつもりでいるんですかい」

「どうなるか、わたいはわからないよ」

「お婆さんの話も少し聞きてェと思っておりやす。よろしいでしょうか」

そう言うと、おりさは怪訝な眼で伊三次を見た。よく見ると左眼が白く濁っている。左眼はほとんど見えないのかも知れない。

「お前ェさん、うちのことをあれこれ聞いて、どうしようと言うんだ。お上の回し者かえ。すんなら、わたいは、何も話すことはないよ」

おりさは途端に顔色を変えた。

「いや、確かに手前はお上の御用もしておりやすが、別に鶴之助さんをしょっ引きに来た訳じゃありやせん。座元を殺した下手人の見当をつけるために色々話を聞き廻っているだけでさァ」

伊三次は慌てて、とり繕った。

「つるにも疑いが掛かっているのかえ」

おりさは心配そうに訊く。

「いえ、小屋に使われている皆んなは座元に恨みを持っておりやすので、今のところは何んとも申し上げられやせん」

「おや、お前ェさん、髪結いかえ」

おりさは善蔵と同じで伊三次が携えていた台箱に眼を留めた。

「さいです。廻りの髪結いをしておりやす」

「髪結いを頼むことは滅多にないよ。この間、髪を結って貰ったのはいつだったかねえ」

おりさは宙に眼を向けて思案顔になった。

「ちょいと纏めやすかい。なに、手間賃なんざ、いただきやせん。お婆さんに話を聞かせていただけるんなら、それであいこに致しやす」

「本当かえ。ささ、中にお入り」

おりさは現金にも表情を弛め、伊三次を中へ促した。

六畳ひと間の部屋に入ると、大笊《おおざる》に色紙で拵えた鶴が山盛りとなっていた。それを見て、伊三次は鶴之助が舞台で折鶴の手妻をすることも思い出した。おりさは鶴之助のために小道具の鶴を折っているのだろう。狭い縁側の傍には水を張ったギヤマンの鉢も置いてあった。それも小道具のひとつだが、その裏店には場違いに感じられる。ギヤマンの鉢には金魚がおらず、きれいな丸い石が幾つも底に沈んでいるだけだった。

おりさは上がり框《かまち》にちょこんと座った。伊三次は台箱から手拭いを取り出し、おりさの肩に掛けると、髷を束ねていた鼠色に変色した紐を鋏《はさみ》で切った。ばさりと肩に髪が解《ほど》ける。

その年頃にしては髪の量が豊富だった。

「お婆さんは長崎の出だそうで」

髪を梳きながら伊三次はさり気なく切り出した。

「ああ、そうだよ」

「昔はお婆さんも舞台に立って手妻を披露していたとか。鶴之助さんの芸はお婆さん譲りなんですね」

「何んでも知っているじゃないか。もう、わたいに訊くことはないんじゃないかえ」

「いえ、人の噂と本人に直接聞くのとでは大きな差がありやすよ。手前は人の噂を鵜呑《うの》みにするのがいやで、何んでも手前ェで確かめなきゃ、気が済まねェ質《たち》なんですよ」

「見掛けによらず、真面目な男だ」

「へへ、畏れ入りやす」

「わたいはふた親の顔を知らないのさ。産まれた途端、子供のできない大道芸人の夫婦に貰われたんだよ。その夫婦が手妻使いだったんで、もの心ついた時は、商売道具の玉で手妻の真似事をしていたんだよ。だが、義理の親の芸は古臭くて、客には受けなかった。同じことをするなら、わたいのほうが客の受けがよかったんだよ。基本は義理の親に教わったけれど、その芸に工夫を凝《こ》らしたのはわたいの手柄さ」

おりさは伊三次が特に何も言わなくても、すらすらと喋ってくれた。傍に鶴之助がいなくて幸いだった。いたら、おりさに余計なことを喋るなと制したはずだ。

おりさは手妻の芸を続けている内、客が手妻に何を求めているかを察することができるようになった。客は誰でも不思議なことが好きで、そして心ノ臓《しんぞう》が高鳴るほど驚きたいのだ。不思議と驚き。

おりさはそのふたつを心懸けて芸を磨いた。

その内に、盆に小さな石を置いて、動けと念ずれば動くようになった。空の雲を見上げて、消えろと念ずれば雲が消えたという。何んだか狐《きつね》につままれたような話だが、伊三次は黙って聞きながら、おりさの頭を結った。

頭ができ上がり、手鏡を差し出すと、おりさは、ためつすがめつして自分の頭に見入った。

「あやあ、どうしよう。女ぶりが上がってしまったよう」

冗談交じりにそんなことを言う。伊三次は苦笑して鼻を鳴らした。

「鶴之助さんの手妻は念力で操るものだから種はないってことですかい」

伊三次は鶴之助の話に戻って訊いた。ああ、そうさ、おりさは応える。

「だったら、その念力で、座元を殺すこともできるんじゃねェですかい。鶴之助さんがお婆さんと弟さんの三人で、ここから奥山の座元に死ね、死ねと念を送れば、別に匕首なんざ使わなくてもいいはずですぜ」

そう言うと、おりさの眼が底光りしたように感じた。

「お前さん、つるの舞台は見たことがあるのかえ」

おりさは伊三次の話を逸《そ》らすように訊く。

「いいえ。ですが、娘がこの間、見物にめェりやした。もう、それから鶴様、鶴様とうるせェ、うるせェ」

「金魚の芸はわたいもできるよ。あいにく、今は金魚がいないから、小石でも拾おうかね」

「本当ですかい」

伊三次はギヤマンの鉢に眼を向けた。おりさは、よっこらしょと言って腰を上げ、傍らの雑巾を取り上げると、鉢の傍に行き、よっくごらん、と言った。

雑巾を鉢の側面に押しつけるように当て、その上からそろそろと鉢の中に手を伸ばす。鉢の水が雑巾の端から少し、こぼれる。それにも構わずおりさは下に沈んでいる小石をひとつ抓《つま》み上げると、手を引っ込めた。それから雑巾で押さえていた片方の手も下ろす。後は何事もなく、ギヤマンの鉢は元通りになっていた。

「ほれ」

おりさは得意げに伊三次へ濡れた小石を見せる。確かにそれは鉢の底に沈んでいた小石だった。

「すごいですねえ。今でも舞台に立てますぜ」

伊三次はお世辞でもなく言った。

「いいや。手が震えてうまく行かないよ。客に見破られちまう」

「……」

伊三次がつかの間、黙ったのは、おりさが矛盾することを喋ったからだ。種はない、念力で手妻をしていると言っておきながら、手の震えで見破られる恐れがあるという。

伊三次は大笊に盛られた大量の折鶴に眼をやった。それも念力があれば、しこしこと折る必要もないはずだ。種はやはりあると思う。

すると、座元が殺された当夜のことが俄《にわか》に思い出された。鶴之助は晩めしの後に弟と手妻の稽古をして床に就いたという。近所の人間は小屋の関係者だから口裏を合わせていたふしもある。そうでなくても、鶴之助があたかも自分の家にいたように見せ掛けるのは、手妻師なら訳もない。

鶴之助は給金のことで、また権九郎に文句を言い、それを断られたために事に及んだことは考えられる。権九郎は居酒見世から自宅に帰らず、小屋に戻っている。誰かが急ぎの用を伝えたのだ。その誰かとは誰だろう。金主を接待して、その後に飲み足りない権九郎は居酒見世に寄った。

後をつけていた者がいたはずだ。権九郎が居酒見世を出たところを待ち構え、用件を囁《ささや》く。慌てて権九郎は小屋へ向かう。火事、盗人、役者のトンズラ。おおかたその辺りを理由にしたはずだ。

だが、小屋に戻ったが何事もない。謀《はか》られたと気づいた時はすでに遅く、匕首を携えた下手人に刺されてしまった。

伊三次の頭の中には、おおよそ、そのような構図が浮かんだが、鶴之助のやることだから、権九郎を殺すに至る経緯には、もうひと捻《ひね》り、ありそうな気もする。

「長居しちまいやした。手前はこれでお暇《いとま》致しやす」

伊三次は低い声でおりさに言った。

「つるは下手人じゃないよ。あの夜は、確かにここにいたんだから。奥山には行ってないよ」

伊三次の表情に何かを感じたおりさは必死の形相で鶴之助を庇《かば》う。

「お婆さん。鶴之助さんは孫じゃなくて倅なんじゃねェですか」

そう言うと、おりさは言葉に窮して俯いた。図星のようだ。伊三次は、そんなおりさに笑顔で続けた。

「あんたは極上上吉《ごくじょうじょうきち》の手妻師ですよ。芸もさることながら、四十過ぎて子供を二人も拵えるなんざ、並のおなごには真似ができねェ」

「ばかにしているのかえ。四十の恥かきっ子を産んで」

「いえ、感心しておりやす。大したもんです。母親の鑑《かがみ》ですよ。子供のできねェ女房に話してやったら、ずい分、励みになると思いやす。それじゃ、ごめんなすって」

伊三次は小さく頭を下げて腰を上げた。父親の名を訊ねることはできなかった。おりさには酷なことに思えたからだ。おりさは見送らなかったが、土間口を出た後で咽び泣く声が聞こえた。

伊三次の言葉がこたえたのだろうか。いや、一世一代の手妻の種明かしをされてしまったことが理由かも知れない。

五

それから間もなく、鶴之助は北町奉行所に捕縛され、日本橋の三四《さんし》の番屋《ばんや》に連行された。

事件の真相は伊三次が考えていたこととは少し違っていた。鶴之助が権九郎殺しの主犯であったのは間違いないが、小屋の舞台に立っていた役者連中もそれに関わっていた。

鶴之助は権九郎の仕打ちに業を煮やし、小屋が引けた後で、連日、どうしたらよいか、仲間と相談していたという。最初は皆んなで一斉に小屋を辞め、よそへ移るつもりだった。ひとりふたりなら、権九郎は若い者を使って懲らしめるに違いなかった。だが、軽業の役者が、大夫は恐ろしい男だから、よその小屋に根回しするはずだ。大夫から逃げても舞台に立てないんじゃ、おまんまの喰い上げだ。ここは大夫に消えて貰うしかないと言った。

聞いていた連中は大層、驚いたが、時間が経つ内に、それよりほかに策はないと考えるようになった。連中はその機会を待った。金主が舞台見物に訪れた時、帰りに一杯飲むはずだと当たりをつけた。実際、その通りだったが、権九郎は料理茶屋の富士屋から居酒見世に寄ることとなった。そこは浅草広小路を通り、並木町《なみきちょう》にあったので、夜とはいえ人目があった。権九郎の後をつけたのは軽業の百合蔵《ゆりぞう》だった。ようやく一刻後に出て来た権九郎に近づき、大夫、小屋に小火《ぼや》が起きやしたと告げた。権九郎は酔っていたせいもあり、それが本当だったら小屋の若い者がいち早く伝えるはずだということに気づかなかった。百合蔵と一緒に急ぎ小屋へ向かったのだ。だが、着いてみると、小屋は見た目、何んともなかった。百合蔵は、小火が起きたのは舞台だと言った。

中に入ると、役者連中が舞台に一斉に並んで待ち構えていた。

「何んだ、手前ェらは」

権九郎が声を荒らげた時、鶴之助は舞台から飛び降りて、権九郎の脇腹を匕首で刺したのである。抵抗する権九郎の腕を百合蔵と噺家の夢助《ゆめすけ》が押さえ、女浄瑠璃語りの若《わか》紫《むらさき》は権九郎の懐から、たんまり膨らんだ紙入れを奪い取ったという。

事件の詳細を聞いた伊三次は、何んだ、よくある人殺しじゃないかと思った。別に人殺しに、いいも悪いもないが、鶴之助が関わっていたのだから、もっと凝った手口で奉行所の役人を翻弄《ほんろう》するものと考えていたのだ。まあ、手妻の技に長けていても、その他は普通の二十歳の若者だったということだろう。

鶴之助を含む小屋の役者は三四の番屋で口書《くちが》き（供述書）を取られ、爪印《つめいん》を押した後は小伝馬町《こでんまちよう》の牢屋敷に収監され、お裁《さば》きを待つこととなった。

鶴之助には市中引き廻しの上、死罪、他の連中にはそれぞれ遠島《えんとう》、所払い、敲《たた》きの刑が言い渡された。江戸の娘達はこの沙汰に誰しも嘆息した。連日、牢屋敷の前に大挙して押し寄せ、口々に鶴之助の助命嘆願を訴えているという。これには牢奉行も大弱りだった。

鶴之助の罪が覆《くつがえ》ることはないが、他の囚人もいる大牢に押し込めて、鶴之助が囚人達にいたぶられ、最悪、刑の執行前に殺されでもしたら牢奉行の面目が立たない。それで、特別措置として鶴之助を門に近い西《にし》二間牢《けんろう》に入れたという。二間牢は東西にふたつあり、それぞれ東二間牢、西二間牢と呼んでいる。実際は二間より、ずっと広い二十四畳敷の牢である。

　二間牢には大牢と同じで落間《おちま》（土間）と雪隠《せっちん》がついている。本来は強暴で手に負えぬ無宿者の囚人が入る牢だった。

　伊三次が鶴之助から面会を求められたのは、刑が執行される前日のことだった。どうして鶴之助が自分に面会を求めたのか、伊三次は理由がわからなかった。しかし、不破に、そういうことだから行って来いと命じられたら従うしかない。表向きは面会でなく、鶴之助が市中を引き廻される時、むさ苦しい頭をしていたのでは見物する娘達ががっかりするので、せめて、きれいな姿でこの世におさらばしてほしいという普段の牢奉行らしからぬ配慮だった。

　ひとりで牢屋敷に行くのは心許なかったが、伊三次は牢奉行から命じられた七つ刻（午後四時頃）に間に合うよう、小伝馬町へ向かった。その時も、門の前には若い娘達が五人ほど泣きながら立っていた。門番に用件を告げると、伊三次はすぐに中へ案内された。

　牢は内鞘《うちざや》と呼ばれる格子に囲われているが、さらに外鞘《そとざや》と呼ばれる格子でも囲われている。

　外鞘は土間になっており、主に見廻りする役人の通路となっているが、牢奉行つきの医者が病を得た囚人の診察をする場所にも充《あ》てられている。伊三次も、その外鞘で鶴之助の頭を結うことになっていた。

鶴之助は外鞘の土間に殊勝《しゅしょう》に座っていた。傍には湯の入った洗面盥が置いてあり、盥の縁に畳んだ手拭いが掛けてあった。

「髪結いの伊三次でござんす。本日は髪結い御用をつとめさせていただきやす」

伊三次が低い声で言うと、鶴之助は顔を上げた。無精髭《ぶしょうひげ》が目立ち、頭もそそけていたが、濃い眉と高い鼻梁《びりょう》、くっきりした二重瞼《ふたえまぶた》、桜色の唇を持つ美形の若者だった。

「よろしくお願《ね》げェ致しやす」

鶴之助は消え入りそうな声で応えた。案内した役人は、すぐに後ろに引っ込んだ。外鞘には鶴之助と伊三次が残された。

鶴之助の後ろへ回り、伊三次は麻の帷子《かたびら》の肩に手拭いを掛けた。それから洗面盥の手拭いを湯に浸し、絞って鶴之助の顔に載せた。

鶴之助は気持ちよさそうな吐息をついた。それから剃刀で丁寧に顔を剃り始めた。眉は武者人形のように濃くて形がいいので、それを損なうことなく調えた。髭も濃い質《たち》だった。

だが、肌はびろうどのようにつるりとして、皺ひとつなかった。無理もない。まだ二十歳の若者だ。

「うちの娘は先日、お前ェさんの舞台を見ておりやす」

黙っているのが気詰《きづま》りで伊三次はそう言った。

「そうですかい。そいつはどうも」

そっけなく応えたが、鶴之助は嬉しそうだった。

「若い娘達の贔屓は相当にいるんでしょうね」

「さあ、それはどうですか。たかが奥山のけちな見世物小屋のことですから。世の中には、おれが舌を巻くような手妻師がもっといるはずでさァ」

鶴之助は謙遜する。手早く髭剃りを終えると、今度は頭に掛かる。おりさ譲りのたっぷりとした髪は、栗色がかっていた。髪を梳く手ごたえも並の若者と違って感じられる。明日は髷を解かなければならないが、伊三次は普通に丁髷頭《ちょんまげ》に結うつもりだった。

「異人の血を引く男の髪をやるのは初めてだろうね」

鶴之助は、そんなことを言う。

「いえ、ずっと昔、一度仕事をしたことがありやす。その客はお前ェさんのように、まっすぐな髪じゃなくて、巻き毛だったんで、伸ばすのが厄介でした」

「何者なんで？」

鶴之助は興味を惹かれたように訊く。

「幻術使いでしたよ。空に龍を浮かべて見せたりするんでさァ」

「すごい……それが本当なら会いたかった」

「残念ながら、もうこの世におりやせん」

「………」

伊三次は手順通り仕事を進めた。四半刻《しはんとき》（約三十分）後には、きれいな頭に仕上がった。

「いかがさまで」

伊三次は手鏡を差し出して訊く。鶴之助は頭のできを確かめると、鏡の中から伊三次の顔を見た。

「お婆《ばば》の頭も結ってくれたそうで、ありがとうございやす」

鶴之助は、それが言いたくて自分に面会を求めたのだと伊三次は合点した。

「とんでもねェ。ちょいと纏めただけですんで、礼には及びやせんよ。お婆さんからも手妻を見せていただいて、手前も楽しかったですよ」

「へえ。お婆はもう手妻はできないと言っていたんですよ。そうですかい。やって見せたんですかい」

「この先は弟さんもいることですし、お婆さんのことは何も心配いらねェでしょう」

「心配なんてするものか。おれは大夫を殺ったことを悔やんでなんざいねェ！」

突然、鶴之助は憤った声を上げた。

「何かあったか」

役人の声がその拍子に聞こえた。

「いえ、何んでもありやせん」

伊三次はとり繕うように応えた。

「まだ終わらぬか」

「へい、じきに仕舞ェになりやす」

「早くしろよ」

役人はそう言うと、後は何も喋らなかった。

「おれは、大夫とは腹違いのきょうだいになる」

鶴之助は少し落ち着くと、そう明かした。

「そいじゃ、座元のてて親がお前ェさんの実のてて親になるんですかい」

「ああ、そうだ。毛色の変わったお婆に乙《おつ》な気持ちになり、二人も子供を生ませやがった」

「だったら、座元ももう少し、お前ェさんやお婆さんを親身に面倒を見てくれてもよさそうなものでしたね」

「ああ、そうさ。都合のいい時ばかり血の繋がりを持ち出し、その他のことになると赤の他人より冷てェ仕打ちをする。おれは大夫以上に人を憎んだことがねェ」

「お前ェさんの気持ちはよくわかった。だが、もう済んだことだ。お前ェさんはこの先、殊勝にお裁きを受けることだ。恨みを抱いたまま死ぬのは切ねェからな」

「髪結いさんには倅がいるのかい」

「ああ、おりやすよ。十七の倅が」

「いいな。倅が羨ましいよ。おれもあんたみてェなてて親がほしかった」

鶴之助の声にため息が交じった。伊三次も胸にぐっと来ていたが、うまい言葉が出なかった。

やがて、役人が現れ、鶴之助を内鞘に引き立てた。鶴之助は振り返り、にッと笑顔を見せた。

伊三次は黙って肯いた。鶴之助が二、三歩進んだ時、帷子の裾《すそ》から赤、青、黄の三つの折鶴がこぼれ落ちた。役人は気づいていない。仄《ほの》暗い外鞘の土間では、折鶴の色が、はっとするほど鮮やかに見えた。

それは伊三次に対する鶴之助からのお礼だったのだろうか。

こぼれ落ちた折鶴を拾い、伊三次は台箱に入れた。家に帰ったら、お吉にやるつもりだった。

それで一件落着のはずだったが、鶴之助は市中引き廻しを終え、牢奉行所で裁きを受ける前に姿を晦《くら》ましてしまった。厳重な警戒をどうやってかいくぐったものだろうか。

牢奉行所は大慌てで鶴之助の行方を捜したが、未だ、見つかってはいない。

「手妻師だからな。あり得ぬ話でもねェ」

不破友之進はさして驚きもせず、むしろ愉快そうに伊三次へ言ったものである。伊三次もまた、鶴之助が生き延びて、どこかで手妻をしていることを、ひそかに心の中で願っていたのだった。

参考：「江戸の見世物」川添裕・著（岩波新書）

名もなき日々を

一

朝の穏やかな陽射《ひざ》しが長局《ながつぼね》の部屋に注いでいる。耐え難い暑さはようやく峠を越え、これから江戸は秋の季節に入ろうとしていた。

下谷《したや》・新寺町《しんてらまち》にある蝦夷《えぞ》松前藩《まつまえはん》の上屋敷に奉公している不破《ふわ》茜《あかね》は、朝食後の僅《わず》かなひととき、母親の手紙を読み返していた。母親のいなみは時々、上屋敷に手紙を届けてくれる。茜が恙《つつが》なく奉公を続けているか、体調を崩していないか、はたまた親許を離れて寂しい思いをしていないかと案じているのだ。家にいた時は反抗ばかりして、いなみを悩ませていた茜である。離れてみれば、いなみの情愛がしみじみ感じられるから不思議だ。手紙と一緒にお伽噺《とぎばなし》や折り紙、なぞなぞの本が添えられていることもある。茜が藩主の子女の警護をすると聞いて、幼い者達の退屈を紛《まぎ》らわせるため、そういう本があれば便利だろうと考えてのことだ。その心配りがありがたい。

自分は、もっといなみに優しく接しておけばよかったと思う。いなみも剣術をよくした女なので、生家の不幸な事情がなければ、その腕を買われて大名屋敷へ奉公に上がったかも知れない。そうか、自分は母親の果たされなかった夢を代わりに叶えているのだと合点する。だが、いなみは奉公の現実を知らない。僅かな粗相も許されない厳しいものだということを、どこまで理解しているだろうか。

まして、娘は松前様のお屋敷に女中奉公に上がっていると、いなみが自慢気に他人へ吹聴したとしたらたまらない。まあ、いなみの性格を考えれば、そのような心配は無用だろうが。

手紙の内容は埒《らち》もないことばかりだ。兄の龍之進《りゅうのしん》の妻はただ今、妊娠中で、経過は良好とのことだ。出産予定日は、当初、霜月《しもつき》の下旬だと産婆は言っていたが、もしかしたら、それより早まるかも知れなかった。両親にとっては初孫なので、いなみが張り切っている様子が文面からも伝わって来る。自分も叔母になるのだ。その気持ちはどのようなものだろうか。今の茜にはちょっと想像がつかない。茜は子供が嫌いだが、兄の血を引く子供なら可愛いと思えるかも知れない。

茜もひそかにその日が来るのを楽しみにしていた。

父親の小者《こもの》（手下）をしている髪結いの伊三次《いさじ》は相変わらず、朝になると八丁堀・亀島町《かめじまちょう》の組屋敷を訪れ、弟子の九兵衛《くへえ》とともに髪結い御用をしている。最近、娘のお吉《きち》が女髪結いになるための修業を始めたらしい。お吉が一人前になったら、いなみは髪を結って貰いたいと思っているようだが、さて、それまで自分は長生きできるかどうかと、つまらない心配をしている。

伊三次の息子の伊与太《いよた》は芝《しば》の師匠が亡くなったので、今は歌川国直《うたがわくになお》という浮世絵師の弟子となり、日本橋の田所町《たどころちょう》に住み込んでいるという。伊与太の住まいが以前より近くなったことが茜には嬉しかった。

とはいえ、気軽に訪ねて行くことなど今の茜にはできない相談である。宿下がりが許されるのは何年先になるかわからない。早くても二年後か、三年後か。それを思うと気が滅入る。伊与太と遠慮会釈のない会話ができるのなら、ずい分、気が晴れるだろうと思う。伊与太に会うことはできないが、機会があれば、屋敷の中間《ちゅうげん》に頼んで絵草紙屋から国直の絵を手に入れたいものだ。

国直という絵師は知らなかったが、伊与太の師匠であることに心が惹《ひ》かれた。よい師匠であればと茜は願っている。その絵を見れば人柄がわかりそうな気もした。

「刑部《ぎょうぶ》殿、若様がお呼びでございまする。呑気《のんき》に手紙を読んでる隙《ひま》などありませぬぞ」

老女藤崎《ろうじょふじさき》が茜の部屋へやって来て、ちくりと皮肉を言った。茜は藩内で不破刑部を名乗っている。藤崎は茜の上司に当たり、長局を執《と》り仕切っている人物の一人である。何事も、この藤崎の指示で茜は動いている。三十三歳の大年増で、その貫禄は大したものだった。

「申し訳ありませぬ」

茜は慌てて手紙を畳んだ。

「まさか殿方からの付け文《ぶみ》ではありますまいな」

藤崎は冗談なのか、そうでないのか判断できない表情で訊《き》く。滅多に笑顔を見せない女である。その眼はいつも茜の心の中まで見透かしているような気がする。しかし、一生奉公の老女とは、皆、そうしたものだろうと茜は了簡《りょうけん》していた。

「滅相もない。里の母からの手紙でございまする。お疑いならお見せ致しまする」

「そこまでわらわも人が悪くない。信用致す。幾つになっても母親は恋しいものだから の」

「藤崎様のお母上は息災でお過ごしですか」

「三年前に身まかった」

憮然と応えた藤崎に茜は、はっとして、心ないことをお訊《たず》ねしました、お許し下さいませ、と謝《あやま》った。

「なに、謝ることはない。人はいずれ老いて、死を迎えるのがさだめ。せいぜい、刑部殿も母親を大事になされ。ささ、若様のお部屋へ」

藤崎はすぐに急《せ》かした。

長局の廊下を渡り、茜は嫡子《ちゃくし》松前良昌《よしまさ》の部屋へ向かった。良昌は午前中、藩の儒者《じゅしゃ》から論語の手ほどきをされる。中食《ちゅうじき》の後は年配の家老より藩の歴史の講義がある。茜は藩主の子女の警護をする別式女《べっしきめ》として奉公に上がったが、近頃は良昌の傍《そば》につき添うのがもっぱらの仕事だった。良昌は茜を大層気に入っている様子で、とかく呼び出すのだ。茜が傍にいれば安心できるらしい。光栄なことと茜も良昌の好意をありがたく思っていた。良昌は英明《えいめい》な若者だが、いかんせん病弱だった。ために次期藩主に就《つ》くことも危ぶまれている。

良昌自身は妾腹《しょうふく》の弟である章昌《あきまさ》に跡を継がせたいと思っているようだが、それについて、藩の家臣達の考えは分かれていた。

良昌は今年の正月に元服を迎え、藩では盛大に元服の儀が執り行なわれたが、次期藩主となる旨《むね》は、その時点では伝えられなかった。

恐らくは二つ下の章昌が元服を迎えた時にはっきりするだろう。その前に良昌が将軍家斉《いえなり》にお目通りが叶えば有利な展開となるのだが、それは良昌の体調を考えると難しい問題だった。緊張する場に出ると良昌は貧血を起こして倒れることが多い。ためにお目通りも未《いま》だ叶わなかった。

開け放した障子の前で茜は正座し、不破刑部にございまする、と声を掛けた。良昌はすでに天神机《てんじんづくえ》を前にして、論語の冊子を開いていた。金糸を織り込んだ紺《こん》の羽織に仙台《せんだい》平《ひら》の袴《はかま》を着《つ》けている。身仕舞いに乱れたところはない。背筋もぴんと伸びている。いつもながら茜は良昌の姿勢の美しさに感心する。これで普通の若者のような背丈と目方があれば完璧なのにと思う。良昌はとても十五歳に見えなかった。弟の章昌のほうが、むしろ兄のように感じる。

章昌はこの上屋敷にはいない。青山《あおやま》にある下屋敷に居住している。それは章昌を次期藩主にしようと考える家老一派の采配だった。表向きは下屋敷に主《あるじ》に見合う人物を置かねば形がつかぬという理由からである。

松前藩は他に本所《ほんじょ》・緑町《みどりちょう》五丁目にも下屋敷がある。そこには先代藩主の奥方が剃髪《ていはつ》して亡き藩主の菩提《ぼだい》を弔《とむら》う毎日を送っていた。下屋敷は病《やまい》を得た藩主の家族や家老職以上の家臣が保養する場所でもあった。また、火災が起きた時の避難場所ともなる。

「本日は、少し遅いではないか。そなたが具合を悪くしたのではないかと、わしは大層心配したぞ」

良昌はこちらを向いて、そう言ったが、良昌こそ、いつもより顔色が冴《さ》えなかった。

「申し訳ありませぬ。母からの手紙を読んでおりましたので、つい遅くなりました。藤崎様にもお叱りを受けました」

「朝から叱られて、刑部も気の毒だ。何事もなければそれでよい」

「畏れ入りまする」

「また退屈な論語の講義を受けねばならぬ。眠気が差さねばよいが」

良昌は冗談交じりに言って、にッと笑った。

「もはや若様はお儒者に手ほどきされずとも、論語は諳《そら》んじておいででしょうから、なおさらお退屈を感じるのでございましょう」

「刑部は相変わらず、人を持ち上げるのがうまいのう。論語は長大なものだ。すべてを諳んじるなど無理だ。ま、わしがこうして講義を受けねば、山岡《やまおか》の仕事もなくなる」

山岡景学《けいがく》は儒者の名前だった。良昌の冗談が可笑《おか》しくて、茜はくすりと笑った。そこへ長い顎鬚《あごひげ》をたくわえた山岡景学が現れたので、茜は笑いを堪《こら》えるのが大変だった。

山岡は細い棒を携《たずさ》え、時々、良昌の冊子を指し示しながら、いつも通り講義を始めた。

茜は良昌の後ろに控え、じっとその様子を見守る。半刻《はんとき》（約一時間）後、小休止になると茜は菓子と茶を二人へ運ぶ。さて、本日の菓子はどこの店のものだろうか。日本橋・本町《ほんちょう》二丁目の「鈴木越後《すずきえちご》」の御用菓子か、それとも本石町《ほんこくちょう》二丁目の「金沢丹後《かなざわたんご》」のものか。

奉公に上がって、茜は初めて大名屋敷御用達《ごようたし》の菓子を口にした。上品な甘さと品のよい味わいが茜を虜《とりこ》にした。上《うえ》つ方《かた》は、皆、このような高級菓子を食べていたのかと驚いたものだ。茜がそれまで口にしていた菓子は豆大福だの、醤油《しょうゆ》団子だの、麦落雁《むぎらくがん》だのがもっぱらだった。見て美しく、食べておいしい高級菓子を知って、世の中には、上には上があると、しみじみ思った。それだけでも奉公に上がった価値があったというものだ。

退屈を紛らわせるために、茜はそのような埒もないことを考えていたが、ふと、良昌の頭が前後に揺れているのに気づいた。やはり、眠気が差しているのだろうか。と思った瞬間、良昌の身体がのけぞり、畳にしたたか頭をぶつけた。茜は慌てて良昌の頭を抱え上げた。

「若様、大丈夫でございまするか。これ、若様、しっかりなされませ」

そう訊いたが、良昌は白眼を剝《む》き、口許から涎《よだれ》を垂らしていた。

「たれか、たれかある。若様の一大事でござる！」

茜は大声を張り上げた。山岡景学は驚きのあまり、腰を抜かした様子で、その場にへたり込み、ぶるぶると震えていた。

二

「傍についておりながら、そなたは若様の異変に気づかなかったのか」

藤崎は、ずり落ちそうになった裲襠《うちかけ》の襟《えり》を引き上げながら声を荒らげた。

「申し訳ありませぬ。若様は山岡様の講義が始まる前まで、いつも通り、この刑部にお言葉を掛けておりましたゆえ」

茜は低い声で応えた。良昌はすぐさま蒲団に寝かされ、御典医が手当をした。その後は静かに眠っている。命に別条はないとのことだったので、茜もひとまず安堵《あんど》した。しかし、良昌が眠ると、茜は藤崎に呼び出され、事情を詳しく訊かれた。

「それでも、普段と違うところがあったはずだ。そなたはそれにも気づかなかったと言うのか」

藤崎はじりじりと詰め寄る。

「顔色がいつもより冴えないように感じました。山岡様のご講義で眠気が差さねばよろしいがと、ご心配されておりました」

「それ、それがいつもと違うと申すのだ。顔色が冴えず、しかも眠気が差すのを案じられていたほどお疲れであったのだ」

「しかし、若様は毎朝、御典医がお脈《みやく》を執られておるはず。その時まで何事もなかったと思われますが」

「言い訳は無用である。やはり、おなごは役に立たぬ。これからは以前通り、近習《きんじゅう》に若様をお任せすることに致す。本日はお部屋から出てはなりませぬ。謹慎を申し渡す」

藤崎はそう言って立ち上がると、裲襠の裾《すそ》を捌《さば》いて茜の部屋を出て行った。下げた頭を上げると、奥女中の二人がこちらを見ながら、ひそひそと内緒話をしていた。茜はそっと障子を閉じた。

深いため息が洩《も》れる。藤崎に文句を言われたが、自分に落ち度があったとは思えなかった。何より、おなごは役に立たぬと言われたことが悔しい。藤崎も同じおなごだろうにと思う。まして、若様の世話を自分が望んだことでもあるまいし。近習が傍にいても良昌は倒れただろう。それを女だからという理由で非難されるのが承服できなかった。

しかし、藤崎に逆らうことはできない。

藤崎にすれば、良昌のことはすべて茜の失態《しったい》となるのだろう。

いや、そうせねば自分の面目が保てなかったのだ。いやな世界だ。茜はつくづく思う。

何もする気が起きなかったが、茜はまた、いなみの手紙を手文庫から取り出していた。美しく流れるような文字である。最後のほうで何事も辛抱《しんぼう》が肝腎《かんじん》であると、いなみは諭《さと》していた。不覚にも涙がこぼれた。茜はついに腰を折って咽《むせ》んだ。

その日は謹慎するつもりであったが、夕方になって、眠りから覚めた良昌は茜が傍にいないと気づくと、刑部を呼べ、と言ったらしい。藤崎は不愉快そうな表情のまま、再度、茜の部屋を訪れた。

「若様がお呼びでござる」

藤崎は低い声で命じた。茜は、すぐに返事をする気になれなかった。

「わらわの申したことが聞こえぬのか！」

藤崎は癇《かん》を立てた。

「ご用の向きは近習へお申しつけ下さいませ。刑部は役に立たないおなごでありますれば」

「その言い種《ぐさ》は何んじゃ。そなたはお屋敷奉公を何んと心得ておる。何事も殊勝《しゅしょう》に従うのが奉公する者のつとめぞ」

「ですが藤崎様は、今後、若様のお世話は近習にお任せすると仰《おお》せられました。刑部はそれに従ったまでのこと。前言を翻《ひるがえ》す藤崎様のお心がわかりませぬ」

そう応《こた》えると、藤崎はほうっと吐息をついた。

「そなたは存外、意地のあるおなごとお見受けする。確かにそなたの落ち度で若様は倒れられたが、若様はそなたを恨んでおられぬご様子。何んと広いお心映《ば》え。そのお気持ちに応えるのが恩返しと思わぬか」

「……」

何を言っているのだ、この人は。落ち度だの、恩返しだのと。茜は前言を翻した藤崎の気持ちを知りたいのだ。あるいは、先ほどは興奮して言葉が過ぎた、許してたもれ、と詫《わ》びの言葉があれば素直に従えるのに。茜は奥歯を嚙み締めて黙ったままでいた。

「そうか。あくまでも素直に従わぬとあらば仕方がない。そなたの処遇を考えねばならぬ。最悪の場合、実家に戻ることになるが、それでもよろしいのか。たった一年ほどで奉公を辞《や》めるなど恥でござるぞ」

藤崎は茜の弱みを突く。そういうやり方を死ぬほど嫌う茜は、内心で煮るなり焼くなり、どうとでもしたらよかろう、と半ばやけになっていた。そこへ良昌の部屋付きの女中が息を弾《はず》ませてやって来ると、「刑部様、若様が寂しがっておいでです。お身体が本調子ではありませぬので、お心細い思いをなさっていらっしゃるのでしょう。どうかお傍にいらして下さいませ。わたくしからもお願い致しまする」と、切羽詰まった表情で言った。確か小萩《こはぎ》という名の中年の女中だった。

「すぐに参りまする」

茜は腰を上げると、藤崎に一礼してその場を離れた。呆気に取られたような藤崎の顔が可笑しかった。少し溜飲が下がる思いだった。

「刑部、本日はいかいい面倒を掛けた。許せ」

良昌は蒲団に半身を起こすと茜に詫びた。

「いいえ。刑部こそ、若様の体調が思わしくないことに気づかず、ご無礼致しました」

「また藤崎に叱られたのだろう」

良昌は訳知り顔で言う。まだ顔色は青黒かったが、夕食には卵の入った粥《かゆ》をひと椀《わん》、平らげたという。そのせいで、幾分、元気を取り戻した様子だった。

「若様が倒れられたのは刑部の落ち度になるのですから、藤崎様のお怒りはごもっともでございまする」

「たれのせいでもない。わしが弱かっただけだ」

良昌は鷹揚《おうよう》に応える。そこへ小萩が菓子と茶を運んで来た。

「刑部様、さぞお疲れでございましょう。甘い物でも召し上がって下さいませ。金沢丹後の干菓子でございますよ。刑部様がおいでになったらお出しするようにと、若様の仰せでございまする」

小萩は福々しい笑みを湛《たた》えて言った。

「お心遣い、痛み入りまする」

茜は良昌とも小萩ともつかずに礼を述べた。

「さあ、遠慮なく手を伸ばせ。わしは刑部の菓子を喰う顔が好きだ」

良昌はそんなことを言う。小萩はくすりと笑った。懐紙を敷いた菓子皿には梅や扇を象《かたど》った淡い色合いの干菓子が並んでいた。若草色のものを口に入れると上品な甘さが口中に拡がった。

和三盆《わさんぼん》という上等の砂糖は白下糖から糖蜜を抜いて晒《さら》す工程を繰り返したものだ。それを使用した干菓子は値段も高直《こうじき》で、庶民の口には滅多に入らなかった。

「どうだ、甘いか」

良昌は茜の顔を覗《のぞ》き込むように訊く。肯《うなず》くと、思わず目頭が熱くなった。朝からの緊張がようやく解《ほど》ける思いだった。

「刑部様がお傍におるだけで若様はご機嫌麗《うるわ》しくお過ごしになれまする。まことに刑部様のお人柄に感服致しまする」

小萩はそう言った。お世辞がお上手なことと応えようとしたが、茜は小萩の表情に不安を覚えた。いや、その射《い》るような眼が気になった。藤崎と同じ眼の色に思えたのは錯覚だろうか。この上屋敷内に茜が心底心を許せる人間はいなかった。朋輩《ほうばい》の長峰金之丞《ながみねきんのじょう》や佐橋馬之介《さはしうまのすけ》とて友人関係にはなり得ない。あくまでも務めを一緒にする仲間に過ぎなかった。

半刻ほど良昌の居室にいた茜は良昌が蒲団に横になってから退出した。それから夕食を摂《と》るために台所に向かった。

御半下《おはした》（最下級の女中）のさ、の路《じ》が茜に気づくと、刑部様、今夜はお魚がつきますよ、と弾んだ声で言った。魚と言っても鯵《あじ》の干物か鰯《いわし》の煮つけぐらいのものだ。それに青菜のお浸《ひた》しに漬け物、汁がつく。さの路は茜よりひとつ年上だが、茜には好意的に接してくれる。それがありがたかった。

さの路は藍色のお仕着《しき》せの袖を白い襷《たすき》で括《くく》り、白い前垂れを締めた恰好で茜の前に箱膳を置いた。それから豆腐のあんかけ汁と茶を運んで来た。

「本日は若様のことで大変でございましたね」

さの路は茜を慮《おもんぱか》る。

「ようやく落ち着いてお床《とこ》に就かれたので、ほっとしておりまする」

「今まで若様のお部屋にいらしたのですか」

「ええ、そうです」

茜は空腹だったので、すぐに箸《はし》をとった。

温かいあんかけ汁が嬉しい。魚は鰯の煮つけだった。茜はものも言わず頬張った。めしのお代わりを頼むと、さの路は辺《あた》りにちらりと警戒するような視線を向けながら、囁《ささや》くような声で「あのう……」と言った。

「何んですか」

「妙な噂を聞きましたので、刑部様はご存じかどうか、お訊ねしたいのですが」

「妙な噂《いぶか》？」

茜は訝しそうにさの路を見た。細面《ほそおもて》で、地蔵眉《じぞうまゆ》がきれいだ。さほど大きくはないが利発そうな眼が光っている。

「その前にお代わりを。腹ごしらえをせねば落ち着きませぬ」

「申し訳ありません」

さの路は慌てて大きなお櫃《ひつ》からめしをよそった。二膳目のめしを食べ終え、茶をひと口飲んでから、さの路殿、先刻の話の続きを、と茜は促《うなが》した。台所では、おおかたの奉公人が食事を終えて引き上げ、御火《おひ》の番《ばん》の女中が一人残っているだけだった。

「若様の弟君が元服を迎えられましたら、若様は隠居なさるということですが、それは本当のことでしょうか」

さの路は気後れした表情で訊く。

「さあ、それは存じません」

茜はにべもなく応えた。御半下が余計なことを口にすべきではないと言いたかったが、さの路は是非とも茜に確かめたいと待ち構えていたふしも感じられた。

「そうですか。刑部様はまだお聞きになっていらっしゃらないのですか。でしたら、これは噂だけのことなのかも知れません」

さの路は安心したような、がっかりしたような、どちらともつかない表情だった。

「さの路殿、もしも隠居なさったら、その先の若様はどうなるのでしょうか。わたくしは、藩のまつりごとには疎《うと》いので、さっぱり見当がつきませぬ」

茜も今さら人に訊けないことを言ってみた。

「それは弟君の章昌様が跡目を相続され、若様は下屋敷にお移りになることでしょう」

さの路は当然のように応える。跡継ぎになれない武家の次男や三男は、養子の口がなければ冷やめし喰いと呼ばれる立場に置かれるが、それと同じようなものだと茜は思った。言わば居候である。

「やはり、そういう流れになるのですか」

「多分……それよりも、若様は刑部様をお気に召していらっしゃるので、ご家老の中には若様と刑部様を娶《めあわ》せようと考えるお方もいらっしゃいまする」

あまりのことに茜は二の句が継げなかった。

そうなると、これから藤崎は強引に茜をそちらの方向へ持って行くはずだ。あの小萩という女中の眼も肯けるというものだ。頭がくしゃくしゃする。一難去って、また一難である。茜は大袈裟なため息をついた。

「気をしっかりお持ち下さいませ。若様の側室《そくしつ》になるために刑部様はご奉公に上がった訳ではないでしょうから」

さの路は真顔で言った。

「側室ですと？」

茜はその時だけ、さの路を睨《にら》むように見た。

「松前家の正室は京の公家から迎える慣《なら》わしでございます。それ以外の方は側室となりまする」

茜はさらに意気消沈する思いだった。ふと、さの路が自分を親身になって心配する理由に疑問を覚えた。

「なぜそのようにわたくしのことを案じて下さるのでしょうか。さの路殿とは縁もゆかりもないはずですのに」

「縁もゆかりもございます。わたくしの父はご公儀の小普請組《こぶしんぐみ》手代を務めておりますが、若い頃は深見《ふかみ》道場に通《かよ》っておりました。刑部様のお母上のことも、お父上のことも、よく存じておりまする。父は深見先生を尊敬しておりましたし、お母上は憧れの方でもあったのです」

深見平五《へいご》は母方の祖父の名前で、剣術指南をしていた男だった。深見道場はとうの昔になくなっているが、祖父の弟子の日川大膳《ひかわたいぜん》が跡を継ぎ、日川道場と名前を変えて弟子の指導に当たっていた。さらに大膳の親戚筋の江草三之丞《えぐささんのじょう》が師範として今も京橋のあさり河岸《がし》で道場を守っている。

茜も奉公に上がる前まで日川道場に通っていたし、兄の龍之進も同様だった。

「さの路殿のお父上は、祖父が亡くなった後もわたくしの母のことを気に掛けて下さっていたのですか」

「はい。刑部様のお母上が、その後、不破様にお輿入《こしい》れなさり、兄上様と刑部様がお生まれになったことも、風の便りで知っておりました。わたくしが松前様へ奉公に上がったのは三年前ですが、刑部様も同じく奉公に上がられた。これがご縁でなくて何んでしょうか」

「わたくしが松前様に奉公に上がったことまで、さの路殿のお父上がご存じとは驚きでございまする」

茜は見ず知らずの人間が両親や自分のことをよく知っているのが、少し気味悪かった。もしかして、さの路とその父親は、間者《かんじゃ》ではあるまいかと思ったほどだ。

「それも全く偶然に父が知ったことでございまする。不破様をよくご存じの地廻《じまわ》りの親分から、刑部様がご奉公することをお聞きしたそうでございます。その親分と父は以前より顔見知りでございましたので」

「誰でしょうか」

「深川の永代寺《えいたいじ》門前町辺りを縄張にする増蔵《ますぞう》さんとおっしゃる方だそうです」

増蔵は茜の父親の息が掛かった岡っ引きだった。

「それでお父上は、わたくしのことを、それとなく気を遣うようにと、さの路殿におっしゃったのですね」

「さようでございまする」

「かたじけのうございまする。お父上にお会いする機会がございましたら、くれぐれもよろしくお伝え下さいませ。本日はいやなことばかりが続きましたが、さの路殿の今のお話を伺って少し元気が出ました。お礼を申し上げまする」

「そんな、お礼だなんて。お困りのことがございましたら、何んなりとおっしゃって下さいませ。わたくしにできることならお力になりまする」

さの路は笑顔で応えた。

長局の自分の部屋に戻ると、茜は吐息をついた。ようやく長い一日が終わった。その夜は良昌の呼び出しもないだろう。手足を伸ばし、ゆっくりと眠りたかった。思わぬところで亡き祖父の加護を感じた。自分は先祖に守られていると思う。

（お祖父《じい》様、どうぞ、これからも茜を守って下さい）

茜は床に就く前に両手を合わせて祈った。

この先、茜が行くのは茨《いばら》の道である。良昌に罪はないが、側室となることは断じて承服できない。その時はお務めを退《の》く覚悟が必要だろう。情に流されず、さの路が言ったように自分の気持ちをしっかり持つことが肝腎だった。そう考えながら、茜はいつしか眠りに落ちていたのだった。

三

不破龍之進の妻のきいは、この頃、自分の腹を摩《さす》るのが癖になった。身体は日が経《た》つにつれ重くなる。産婆のおとしの話では、腹の子が少し大きいので、このままでは難産継いで産婆の道に入ったのだ。おとしは夫や義妹の茜を取り上げたお浜《はま》の娘である。母親の跡を継いで産婆の道に入ったのだ。娘と言っても四十近い年齢なので、経験も豊富だった。きいはおとしの助言に従い、厠《かわや》の掃除をしたり、買い物に出たりして身体を動かしているが、目方は増える一方のような気がする。

子供は小さく産んで大きく育てるのが理想とされるが、もの事は、そううまく行くものではない。

子を孕《はら》んでから、きいの好みの味も変わった。以前はさほど好きでなかった西瓜《すいか》が毎日のようにほしくなる。夫の龍之進は夏の間、務め帰りに水菓子屋へ寄り、西瓜を携えて戻ることが多かった。晩めしをたっぷり食べても、その後すぐに西瓜にかぶりつきたくなる。目方が増える訳だ。つわりが軽かったのは幸いだったが、この恐ろしいほどの食欲には我ながら閉口する。

姑《しゅうとめ》のいなみは二人分食べなければならないのだから仕方がないと慰めてくれるが、舅《しゅうと》の友之進《とものしん》と夫は、まだ喰うのかと呆れ顔をする。

今の自分は以前の自分と明らかに違う。

言わば子を孕んだ獣《けだもの》の雌だ。月が満ちて、無事に産み落とすことしか頭にない。他のことは考えられなかった。近所の女房達は、きいの顔が優しくなったので生まれる子供は女の子だろうと言う。大伝馬町《おおてんまちよう》の伯母は、きいの腹がとんがっているので男の子だと言う。

そのいい加減な当て推量に苦笑する。無事に生まれて来るなら、どっちだって構わない。夫も舅もそう言っている。一度流産しているので、今度こそは、という思いが強かった。

幸い、危ない時期は過ぎて、腹の子は順調に育っている。しかし、産気づいた時の陣痛とはどれほどのものなのだろうか。経験のないきいには不安でたまらない。これも人の話だが、障子の桟《さん》が見えなくなるほどだという。

堪え切れずに大声を上げる女房もいるそうだ。そういうことは恥だから、じっと堪えるのが女の嗜《たしな》みだとおとしは言ったが、その場になってみなければわからない。

出産の不安はあるものの、きいの気持ちはこれまでにないほど充実していた。外に出ると、空の青さがやけに眼に滲《し》みる。木々の緑も鮮やかだ。自分が周りの自然に同化しているように感じる。それも、かつて味わったことのない感慨だった。

安産を願うお札《ふだ》もあちこちから届けられた。

出入りの髪結いの伊三次は、わざわざ雑司《ぞうし》ヶ谷《がや》の鬼子母神《きしもじん》まで出向いてお札を買って来てくれた。とてもありがたいと思う。弟の笹岡小平太《ささおかこへいた》も三日に一度は不破家に顔を出し、それとなくきいの身体を気遣ってくれる。その日も、奉行所を退出した帰りに立ち寄っていた。

「おいら、若いのに叔父さんになるんだね。だけど、叔父さんと呼ばれるのは、ちょっといやだな。いっぺんに老けた気分になるよ。兄さんと呼ばせよう」

「叔父さんは叔父さんなの。子供が勘違いするじゃないの」

きいは小平太を窘《たしな》めた。

「やっぱ、叔父さんか。茜さんは叔母さんになるんだね。あの人、叔母さんと呼ばれたら怒りそうな気もするよ」

小平太は冗談交じりに言う。

「おっ姑《か》様が松前様のお屋敷に手紙で知らせたそうよ。お返事はまだないけれど、きっと茜さんも大層、楽しみにしていると思うの」

「本当かな。あの人、子供が嫌いなんじゃねェのかい」

「うちの人の子供なら可愛いはずよ」

「それもそうだね。しかし、てけてけの腹はでかくなったもんだ。産み月になったら、いったい、どれほどでかくなるのか空恐ろしいよ。ま、それまで身体を大事にしな」

小平太は、いつもそんなことを言って帰る。

小平太は昔からきいのことをてけてけと呼び、姉さんと言ってくれたことはない。子供が真似したらどうしよう。きいは今から心配していた。

小平太に出した茶の湯呑を台所に運ぶと、女中のおたつが、そんなことは、あたしが致しますのに、と慌てて言った。

「これぐらいさせて下さいな。身体がなまってしまいますよ」

きいは笑顔で応える。

「お蒲団を敷くのも、そろそろおやめになったらいかがですか。身体がお辛いでしょうから」

夫と自分の蒲団は今もきいが敷き、朝になれば押入れに納めている。おたつはそれも心配していた。

「今のところ大丈夫ですよ。無理な時は自分からそう言いますから。産み月まで、なるべく今まで通りにしたいと思っていますので」

「そうですか……ああ、そうそう。明日の朝、奥様が湯屋《ゆや》にお連れしたいそうですよ」

「じゃあ、おっ姑様の背中を擦《こす》って差し上げましょう」

「若奥様が擦っていただきなさいまし。奥様もそのおつもりですよ」

「何んだか年寄りになったみたいですね」

「今は我儘《わがまま》になさってよろしいのですよ。何しろ旦那様や奥様にとっては初孫ですからね。さて、今夜は何が召し上がりたいですか」

「そうですねえ、お魚の煮つけと、青菜のごま汚し、お豆腐のあんかけ汁がいただきたいのですが」

「あんかけ汁ですか。まあ、あれもおいしゅうございますよね」

おたつは別の献立を考えていたらしく、きいの申し出に意外そうな表情で応える。

「ゆうべ、珍しく茜さんの夢を見たのですよ。茜さんはあんかけ汁を召し上がっていらしたので、あたしも食べたくなったんですよ」

夢を見たのは、うそではなかった。裃《かみしも》姿に若衆髷《わかしゆわげ》の茜が一人で食事をしている夢だった。

茜は眉間に皺《しわ》を寄せ、難しい顔をしていた。おいしくないのだろうかと思ったが、残さず平らげたので、そうではないとわかった。食事を終えても茜の表情は変わらなかった。何か深い悩みを抱えているようにも見えた。

「茜さん、どうかなさいましたか」

きいは心配で声を掛けた。茜はその拍子にこちらを向き、あなたには関わりなきこと、余計なことはおっしゃいますな、と声を荒らげた。きいは茜の剣幕に驚いて俯《うつむ》いた。そこまで話せば、おたつが心配するので、あんかけ汁だけに留《とど》めた。

「おやすいご用ですよ。では、若奥様のご希望通り、お豆腐のあんかけ汁に致しましょう。若旦那様は本日も西瓜をお買いになってお戻りでしょうか。西瓜もそろそろ終わりだと思いますが」

おたつはにこやかな笑みを浮かべて応えた。

「西瓜がなければ豆大福にしてと、おねだりしました」

「まあ、豆大福ですか」

「おたつさんもご相伴《しょうばん》して下さいな」

「あたしは三度三度、御膳をいただければ、後は何もいりませんよ」

「……」

「あら、ごめんなさい。若奥様はたくさん召し上がって下さいまし」

おたつは取り繕《つくろ》うように言った。少し食べ過ぎだろうか。きいは膨《ふく》らんだ腹を撫でながら思った。そのとき、腹の子がむにゃむにゃと動いたような気がした。お前はどんな子? いい子になってくれるかえ。あたしはどんなことがあっても、お前を放り出したりしないからね。

きいは胸で呟《つぶや》いた。きいの母親は父親が亡くなった後、きいと小平太を置き去りにして、どこかへ行ってしまった。間違っても母親の真似はするまい。きいは堅く肝《きも》に銘《めい》じた。その時には茜の夢のことなど、きれいさっぱり忘れていた。

「不破様の若奥様は、もう子供が生まれる頃かしらん」

伊三次の娘のお吉は、父親が翌日使う元結《もっとい》の束を揃えながら母親のお文《ぶん》に訊いた。

今夜、お座敷のないお文は食後の茶を飲みながら、長火鉢の傍で煙管《きせる》を遣っていた。

「まだまだ先だよ。早くても霜月に入ってからになるだろうよ」

「だって、ものすごく大きなお腹をして歩いていたよ。あたし、もうすぐ生まれるものだと思っちゃった」

「そんなに大きかったかえ」

「うん」

「あまり大きいと難産になりそうだ。大丈夫だろうか」

お文も途端に心配になったらしい。

「お前《め》ェが腹に子を抱えた時だって、相当にでかかったぜ」

伊三次は苦笑交じりに口を挟《はさ》んだ。

「だから伊与太の時は大変だったじゃないか」

そう言われて伊三次は黙った。確かに大変だった。産婆のお浜の手に余り、産科の医者の世話になったのだ。過ぎてしまえば、すっかり忘れてしまっている。

「あたしの時は？」

お吉は興味津々《しんしん》という表情でお文に訊く。

「お吉は親孝行で、あっという間に生まれたよ」

「あら、そう」

お吉は気が抜けたような返答をした。お前の時も大変だったと言ってほしかったのだろう。

「まあ、おなごにとっちゃ、子供を産むのはてェへんなことよ。若奥様のお産が済むまで、おれも落ち着かねェや。不破の旦那や奥様も落ち着かねェだろう。早く身ふたつになって貰いてェもんだ」

伊三次は他人事《ひとごと》と思えない様子で言う。

「時が来なけりゃ子供は生まれないよ。はたが気を揉《も》んだところで始まらないのさ。お前さんは若奥様に安産のお札を届けたんだろう？」

「ああ」

「きっとご利益《りやく》があるはずだよ」

お文はそう言って伊三次に笑顔を向けた。

日本橋・新場《しんば》の魚問屋「魚佐《うおさ》」はようやく見世《みせ》を閉め、ひと気も途絶えた。見世前には魚の木箱が幾つも積み上げられ、そこから少し生臭さが漂《ただよ》っている。臭いに誘われて野良猫が何匹もうろちょろしていた。

勝手口に通じる狭い路地にふたつの影が寄り添っている。

「しッ、あっちに行け」

人懐っこく近づいた野良猫を九兵衛は邪険に追い払った。野良猫は慌てて逃げた。九兵衛はそれから、おてんの口を吸った。おてんは喉の奥からこもった声を洩らす。九兵衛はおてんの胸に遠慮がちに触れる。

「よう、身体が疼《うず》くよ。どこかに連れて行っておくれ」

おてんは唇を離すと甘えたように言った。

「駄目だ。旦那と兄貴にどやされる。我慢しろ」

九兵衛は、おてんより、まだしも冷静だった。

「じゃあ、早くお父《と》っつぁんに話をしておくれよ。祝言《しゅうげん》の掛かりや住む家のことなんて心配いらないからさ」

おてんは魚佐の娘である。六人きょうだいの末っ子で、両親や兄や姉に可愛がられて育った。おてんが望めば両親は何んでも叶えてくれるだろう。祝言の掛かりだろうが、住む家だろうが。しかし、九兵衛はそれに甘える訳には行かないと思っている。九兵衛の父親の岩次《いわじ》は魚佐に奉公しているので、おてんが九兵衛と祝言を挙《あ》げ、その後、家族で一緒に住む一軒家《いっけんや》に移ったとしたら、他の奉公人は何んと思うだろうか。岩次の倅《せがれ》はうまいことやりやがったと嫌味のひとつも言うに違いない。それを平気な顔で聞いているほど岩次の神経は太くない。

母親のお梶《かじ》は仕立ての内職をして暮らしの不足を補って来た女である。貧しいけれど、二人は地道に生きて来た。住まいだって昔も今も裏店《うらだな》だ。しかし、両親は今の暮らしに、特に不満を持っているようには思えなかった。

もちろん、誰に遠慮のいらない一軒家に住むことは嬉しいだろうが、それは魚佐の力であって、九兵衛の力ではない。

両親はそのために、嫁になったおてんに一生頭が上がらないだろう。九兵衛とおてんがうまく行っている内はそれでもいいかも知れない。しかし、万が一、離縁となったら何んとしよう。家は魚佐に返し、また裏店に戻らなければならない。いや、岩次は魚佐で働くこともできないだろう。様々なことを考えると九兵衛は二の足を踏んでしまうのだ。

両親は裏店の店子《たなこ》達と仲がよい。男達は土間口前に床几《しょうぎ》を置き、仕事帰りのひととき、誰しもそこに座って仕方噺に興じながら晩めしができるのを待っていた。九兵衛が仕事を終えて戻ると、誰しもご苦労さん、と声を掛けてくれる。寝苦しい夜は、晩めしの後も外に出て、また仕方噺の続きをしながら涼を取る。その中に交じっている岩次は倖《しあわ》せそうに見えた。

両親に楽をさせたいという思いは、もちろん、九兵衛は持っている。だが、それは自分の力でやりたいのだ。魚佐の力は借りたくなかった。それがご苦労なしのおてんには伝わっていないのだ。

「うちの親父は魚佐の旦那が用意してくれた家には住めねぇと思うぜ」

九兵衛は低い声で言った。

「どうしてさ。裏店住まいより、ずんとましだろうが」

「派手な祝言も今のおいらにゃ似合わねェ。勘弁してくんな」

「意気地なし。それでも男かえ」

「何んと言われようと、今のおいらは、どうもその気になれねェのよ」

「うちのお父っつぁんは髪結床の株も用意するつもりがあるんだよ。そしたら、九兵衛さんは髪結床の親方になり、ふた親も安心できるじゃないか」

「床屋の株は百両も取られるんだぜ。魚佐は百両が二百両でも、おたおたするような見世じゃない」

「任しておおきよ」

おてんは豪気に応える。

「おいらは、うちの親方のように廻《まわ》りの髪結いをするつもりだ。だから株はいらねェ」

それは虚勢でなく、九兵衛の本当の気持ちだった。

「欲がないんだね。何んだよ、人がせっかく親切に言っているのに。ああ、つまらない」

おてんはふくれっ面《つら》になった。おてんと所帯を持つことは無理かも知れない。九兵衛はその時、ふっと思った。本当は自分の身丈に合った娘と一緒になるのがいいのだ。おてんだって貧乏暮らしはできないだろう。だが、九兵衛はそれを口にしなかった。おてんが可哀想だった。

「ささ、いつまでもここにいたって始まらねェ。旦那とお内儀《かみ》さんが心配する。家に戻りな」

九兵衛は優しく諭した。おてんは不満そうだったが、こくりと肯き、名残惜しそうに、もう一度、唇を押しつけて来た。九兵衛もそれに応えたが、心の中に冷たい風が吹いたような気分だった。

「またね、九兵衛さん。暇ができたら縁日にでも連れてってておくれよ」

おてんは無邪気に言った。

「ああ」

「お休みなさい」

おてんは掌《て》を振って、勝手口に向かった。

おてんが勝手口の中に入ると、九兵衛は踵《きびす》を返し、八丁堀の住まいに歩みを進めた。世の中の男と女は所帯を持つ時、誰しも今の自分のように思い悩むものだろうか。天涯孤独の身の上だったら、これほど悩みはしなかった。両親の気持ちを考えるから切ないのだ。九兵衛の両親は、おてんと自分が一緒になることについては何も言わない。魚佐への手前、反対はしないが、かと言って諸手《もろて》を挙げて賛成しているとも思えなかった。後は、すべて九兵衛の気持ち次第だった。

星がやけに光って見える。この広い江戸でつまらない悩みを抱えているのは自分だけのような気がした。ほおっと吐息をついた時、草叢《くさむら》から虫の声が聞こえた。もう秋だ。来年の今頃、自分はどのような気持ちで過ごしているだろうかと、ふと思う。皆目、見当もつかない。しかし、来年の今になるためには、同じような日々を過ごさなければならない。その一日、一日を積み重ねるのが少し苦痛に思える。父親の岩次は来る日も来る日も伝馬船で届けられる魚を見世に運び、小売りの魚屋へ売り捌く。商売の駆け引きをする怒号に近い声を聞きながら汗を流して働いて来た。時には仕事がいやになる日もあっただろう。しかし、家族を養うために歯を喰い縛って耐えたのだ。面と向かって何も言わないが、岩次は息子の自分が一人前の髪結い職人になったことが嬉しくてたまらないのだ。もう、それだけで満足なのだ。岩次の表情を見ていると、それがわかる。

九兵衛は毎朝、八丁堀の亀島町にある組屋敷に出向き、不破家の髪結い御用をする。その後は、炭町《すみちょう》の「梅床《うめどこ》」で夕方まで訪れる客の髭《ひげ》を剃《そ》り、髪を結う。昨日と今日の間に、さして違いはない。違いはないけれど、昨日と今日は別の日だ。たまに、ほんのたまに自分と同じ年頃の下手人が引き廻されるのを見ることがある。罪状は人殺しだ。その下手人にとってはこの世の最後の日だ。翌日のことは考えられないだろうし、考える必要もない。

しかし、引き廻しの行列を見物する九兵衛には翌日も翌々日も与えられている。それを思うと、つかの間、不思議な気持ちになる。

自分と同じような年月を生きて来て、どこで道を誤ったのだろうか。ふと魔が差す瞬間があったのかも知れない。それは変わり映えのしない日々のどこかに潜《ひそ》んでいるのだ。

来年の今頃は、こんなことを考えたことすら忘れているかも知れない。ばかばかしい、つまらねェ。九兵衛は胸で呟きながら歩く。

虫の声は家に着くまで耳に纏《まと》わりついていた。

四

「刑部殿。こちらはしおりと申す御半下でございまする。名前は知らずとも、顔は覚えておりましょう。刑部殿には、これから若様のお世話を一切お任せ致しますので、このしおりが刑部殿の身の周りのことを致しまする。何んでもご遠慮なくお申しつけ下さいまし」

藤崎は上機嫌で傍に控えているしおりを紹介した。夕食を摂り、ようやく長局の自分の部屋で寛《くつろ》いでいた時の藤崎の訪れだった。

茜は投げ出していた足を慌てて引っ込めた。

しおりは二十四、五の年齢で、御半下としても中堅の位置にいる女だ。白い顔に糸のような細い眼をしている。雛飾りの三人官女を彷彿《ほうふつ》させるが、表情はそれよりもずっときつく感じられた。

「わたくしは自分のことは自分で致しまする。お世話などは無用でございまする」

茜はにべもなく応えた。

「そういう訳には参りませぬ。これからの刑部殿は昼となく夜となく若様のお世話をしなければなりませぬ。自由な時間など、ないも同然でござりまする。洗濯、お部屋の掃除、お召し物のお手入れ、髪結い、お化粧などは、このしおりがお手伝い致しまする。刑部殿は心置きなく若様のお世話をなされればよろしいのでござる」

藤崎はしおりを茜の側仕《そばづか》えにする理由を述べた。

「先日のように若様がお倒れになった時は、わたくし一人の力では対処できませぬ。やはり近習のどなたかがお傍に控えるべきだと存じまする」

茜はやんわりと断りを入れた。藤崎の眉がその拍子に持ち上がり、これはもはや、家中の会議で決められたことでござる、と応えた。いよいよ藤崎は茜に良昌を押しつける策に出たようだ。

しおりという御半下は茜の監視役だろう。いや、藤崎の間者と言っても過言ではない。どうせなら、さの路を起用してほしかったと、茜は胸で思っていた。

「わたくしは二六時中、しおり殿が傍に控えておるのは気詰《きづま》りでございまする。わたくしとて、一人になりたい時がございまする」

茜がそう言うと、藤崎は少し表情を和らげた。

「案ずることはござらぬ。しおりはお夕食の後は下がりまする。刑部殿のおっしゃる通り、人間、気を張ってばかりはいられませぬからの」

「刑部様、ふつつか者ですが、しおりは精一杯、刑部様のお力になりまする。どうぞよろしくお願い致しまする」

しおりは殊勝に頭を下げる。取ってつけたような愛想笑いが不快だった。茜は何も応えず俯いた。口を開く気にもなれなかった。

「それでは刑部殿もお疲れでござるゆえ、今夜のところは、これでお暇《いとま》致しましょうぞ」

藤崎はそう言って、しおりを促した。

二人が出て行くと、ため息が出た。その時、隣りの部屋から、刑部様、少しよろしいでしょうか、と朋輩の佐橋馬之介の声が聞こえた。

「どうぞ」

誰にも会いたくなかったが、馬之介が自分を心配しているのだと思えば断ることはできなかった。

襖《ふすま》を開けて入って来たのは馬之介だけではなかった。長峰金之丞も一緒だった。どうやら二人は藤崎の話を聞いていたらしい。

「いったい、どういうことなのでしょう。刑部様に側仕えをつけるなど」

馬之介は茜の前に座ると憤《いきどお》った声で言った。

茜は応える代わりに金之丞を見た。金之丞は心得顔で肯いた。茜の事情に察しがついているらしい。そういうところは年の功だ。金之丞は二十歳《はたち》で、馬之介はまだ十六歳だった。

「これで藤崎様のお立場がはっきり致しました。藤崎様は次期藩主に次男の章昌様を擁《よう》立《りつ》する一派に属しておるのでございましょう」

金之丞は澱《よど》みない口調で言う。今までは藩主の側室の一人であるお愛《あい》の方《かた》が産んだ弁《べん》天丸《てんまる》を次期藩主にと考えていたらしいが、弁天丸が早世したために章昌を推挙する方向に傾いたようだ。

「金之丞様、なぜ、そう思われるのですか」

馬之介が無邪気に訊く。

「藤崎様は若様と刑部様を早々に娶せ、その先は若様を隠居させようと画策《かくさく》しているのでござる」

「まあ、それは大変。でも、それは刑部様にとって出世でもありますね」

「出世?」

茜はそう言った馬之介に怪訝《けげん》な眼を向けた。

「だって、そうではありませぬか。若様が隠居を余儀なくされたとしても、刑部様はお方《かた》様として一生、暮らしは安泰でございまする。ほら、先代のお殿様のご側室は呉服屋の娘だったそうですが、側室に上がった後、ご実家の兄上様は士分に取り立てられたではありませぬか。兄上様のお子達のお一人は馬廻《うままわ》りとして今も、この松前藩にお務めしております る」

それは茜も知っていた。商家の出であるゆえ、目覚ましい出世は期待できないが、少なくとも身分は守られる。側室の力はすごいものだと茜は思っている。

「刑部殿のお父上は町方の同心を務められておりますゆえ、士分に取り上げられる必要はございませぬ。まして、同心の職を辞して松前藩にご奉公するおつもりもないのですよ」

金之丞は諭すように馬之介に言った。

「藤崎様のご指示なら若様のお世話を辞退することはできませぬが、わたくしが若様の側室になる話は承知できませぬ。わたくしは若様より幾つも年上でございまする。若様もわたくしを姉のように思って下さるだけで、側室に迎えるお気持ちはございませぬ。しかし、藩の意向がそのように傾いている場合、金之丞様、わたくしはお務めを辞めなければなりませんか」

茜は不安な気持ちで金之丞に訊いた。

「それで藤崎様や他の家老が引き下がるでしょうか。恐らくは強硬な手段に出ると考えられまする」

金之丞は厳しい表情で応えた。

「強硬な手段とは？」

「刑部様が色よい返事をなさるまで、このお屋敷のどこかに閉じ込め、自由を奪うかも知れませぬ」

「恐ろしい」

馬之介は身体を縮めた。

「その時は、致仕《ちし》ではなく、出奔《しゅっぽん》なさいませ。そうでなければ藩の言いなりにさせられまする」

金之丞の言葉を聞いて、茜はしばらく黙った。夜陰に乗じて屋敷を飛び出さなければならないのか。茜は暗澹《あんたん》たる気持ちだった。

「わたくしと馬之介様は刑部様の味方でございまする。この一年、同じ仕事をして来た仲間でもありまする。お互いに気心も知れたというもの。不測の事態には身を挺《てい》して刑部様をお守りする覚悟でございまする」

金之丞はそう言って茜を励ました。

「お二人にご迷惑は掛けられませぬ。どうするもこうするも、わたくしが決めることでございまする。何より、藩の家臣達の思惑に振り回される若様がお気の毒です。当分、様子を見たいと存じまする。短慮な行動は、そのまま若様のお立場にも影響すると思いますので」

「さようでございますね。わたくしとしたことが、つまらぬことを申し上げました。でも、刑部様、いざという時にはわたくし達がいることをお忘れなく」

金之丞の言葉が頼もしかった。

「それでは、あのしおりという御半下のことに、それとなくご注意していただければ幸いに存じまする」

茜は気になっていたことを思い切って言ってみた。

「あの御半下は何者でしょうか」

馬之介の問い掛けに金之丞は、きッとした表情で、藤崎様の間者でござる、と応えた。

「うわッ」

大袈裟にのけぞった馬之介に茜はようやく笑うことができた。

「刑部。近頃、元気がないようだが、何んぞ気懸《きがか》りでもあるのか」

体調が良い時、良昌は午後のひととき、藩邸の庭を散策する。庭の池には錦鯉が泳いでいる。

良昌は餌《えさ》の麩《ふ》をやるのを楽しみにしていた。散策につき添う茜に良昌は心配そうに訊いた。

「何もございませぬ。夏が過ぎ、秋を迎えると、毎年、刑部は心寂しい気持ちになりますゆえ」

　茜は取り繕うように応えた。

「寒い冬のことを思うと気が塞《ふさ》ぐのだな。それはわしも同じだ」

「お国許《くにもと》は大変な寒さに見舞われるとか。雪も相当に積もるのでしょうか」

「わしは国許に一度も行ったことがないゆえ、よくわからぬが、雪よりも風が強いと聞いておる。たば風という野分《のわき》に近い西風が吹くのだそうよ」

「たば風でございますか？」

　初めて聞く言葉だった。

「たば風のたばは、たま（魂）から来ているらしい。悪霊が吹かせる悪い風という意味になるのだろう。それほど激しいものらしい」

「筑波《つくば》おろしよりも激しいのでしょうか」

「恐らくな。しかし、国許からやって来た藩士は江戸の冬のほうが寒いと言うたことがある。わしは訳がわからなかった」

「人の感じ方は様々でございまする。お国許の家族と離ればなれになり、寂しいお気持ちが藩士にそう感じさせたのかも知れませぬ」

「おお、刑部の言う通りだ。きっとそうだ。さて、これから夕餉《ゆうげ》まで、どう過ごしたらよかろうの。家老連中は会議があるとかで、講義も休みになった。鯉に餌を与えてばかりいるのもどうかと思うがの」

「何かなさりたいことがございますか。ご遠慮なくお申しつけ下さいませ」

「本を読むのも飽《あ》いた。何も考えず夢中になれるものがあればよいが」

「折り紙などはいかがですか」

そう言うと、良昌は苦笑し、おなごでもあるまいし、と言った。さて困った。かるた遊びも頭に浮かんだが、それは茜が苦手だった。

あれこれ考えている内、なぞなぞ遊びを思い出した。

「若様、四方白壁《しらかべ》で、中がちらちらするものは何んでしょうか」

「ん？　何んだろうな。四方が白壁で中がちらちらとな。わしが知っているものか？」

「よっくご存じでいらっしゃいまする。いえ、毎晩、ごらんになっておりまする」

「難問だの。四方白壁、中がちらちら……光っておるものか？」

「さようでございまする」

「読めた。行灯《あんどん》だ。そうだろう」

「ご名答でございまする」

「おもしろいのう。他にまだあるのか」

「里の母から、時々、手紙や身の周りの品が届きまする。その中になぞなぞの本が入っておりました。子供だましなものをと最初は思いましたが、存外、おもしろく、無聊《ぶりょう》の慰めにもなりまする。よろしければ、これから持って参りますので、若様がお答えになって下さいませ」

「それを手本に、わしが刑部になぞなぞを出す」

良昌は張り切って言う。

「おあいにく様でございまする。刑部はすべて読み終え、ほとんど覚えておりまする」

「そうか。それはちとつまらぬのう。それでもよい。今度、山岡に試してみるつもりゆえ」

「では、お部屋にお戻りになり、少しの間、お待ち下さいませ。刑部はすぐになぞなぞの本を持って参りまする」

「頼むぞ」

久しぶりに良昌の眼が輝いていた。

良昌を部屋に促し、茶を出した後、茜は急いで長局の部屋に戻った。自分の部屋ならば遠慮はいらないので、茜は勢いよく障子を開けた。その拍子にしおりの後ろ姿が眼に入った。しおりは違い棚に置いた手文庫の蓋《ふた》を開け、中を物色している様子だった。入って来た茜に、ぎょっとして振り向いた。

「何をしておるのだ」

茜は硬い声で訊いた。

「はい、刑部様がお戻りになるまでお掃除をしておりました」

「そなたのお掃除とは、人の手文庫を勝手に開けることか」

「申し訳ありませぬ。とてもきれいな手文庫でしたので、興味を惹かれ、つい、無礼な振る舞いをしてしまいました。どうぞ、お許し下さいませ」

しおりはその場に膝を突いて、深々と頭を下げた。状袋から取り出された母親の手紙が手文庫からはみ出ている。それを見た途端、頭に血が昇《のぼ》った。

「何を探っておるのだ。これは藤崎様のご指示か!」

茜は激昂《げきこう》した声になる。しおりは何も応えなかった。茜はしおりの傍に行き、襟許《えりもと》を摑んだ。

恐怖におののくしおりは、お許し下さいませ、と繰り返した。茜はものも言わず、その頰に平手打ちをくれた。しおりは悲鳴を上げ、部屋の外に逃《のが》れようとした。茜は足払いを掛け、しおりを押し倒すと、仕舞いには馬乗りになってしおりを打ち続けた。しおりの唇が切れ、鼻血も流れた。異変を感じた金之丞が止めに入るまで、茜はやめなかった。

今まで耐えていたものがいっきに噴出して、自分でも歯止めが利かなかった。しおりの髷はぐずぐずに崩れ、顔は血に染まり、赤鬼のようになった。

「刑部様、ご乱心でござる」

長局の廊下に他の女中の声が響いた。金之丞に羽交《はが》い絞《じ》めされた恰好で、茜は荒い息をつきながら、その声をこだまのように聞いていた。

三省院様御《お》手《て》留《どめ》

一

秋もいよいよ深まり、朝夕もめっきり冷え込むようになったある日、本所・緑町五丁目にある蝦夷松前藩の下屋敷に執政《しっせい》(首席家老)の村上監物《むらかみけんもつ》が訪れ、三省院鶴子《さんせいいんつるこ》に面会を乞《こ》うた。事前に知らせもない突然の訪問だったので、鶴子は少し慌てた。側仕えの女中に手伝わせて剃髪している頭に白い頭巾を被《かぶ》り、それから鏡を覗いた。目尻の皺は目立つが、顔色はそう悪くない。墨染《すみぞめ》の衣の襟許を掻き合わせ、それから文机《ふづくえ》に置いてある菩提樹《ぼだいじゅ》の実でできた数珠《じゅず》を持つと、鶴子は客間へ向かった。普段の鶴子は下屋敷のことでもあり、頭巾は被っていない。しかし、客の前に出る時は別だ。剃髪した頭は裸のようなものだから、衣服を纏うのが礼儀である。もっとも、村上監物は、執政といえども客ではないし、立場的には鶴子のほうが上になるのだが、監物は亡き夫の弟に当たるので、普段のままという訳には行かなかった。

鶴子は蝦夷松前藩八代藩主、松前資昌《すけまさ》の側室だった。資昌亡き後は剃髪して三省院を名乗り、この下屋敷にて夫の菩提を弔う日々を過ごしていた。

鶴子は側室ながら資昌との仲も睦まじく、二人は五男三女の子女を儲《もう》けている。子供達は無事に成人し、それぞれ他家に養子に入ったり、輿入れしたりして鶴子の傍を離れていた。

資昌は四十歳の若さで亡くなったので、その後は、家臣や女中がいたとは言え、残された子供達の養育が大変だった。還暦も近くなったこの頃になって、ようやく心静かな時間を持てるようになったのである。

監物は藩主が江戸表《おもて》にいる時は国許の福山館《ふくやまだて》（松前城の前身）を守っている。

松前藩はわが国最北の地にあるので、参勤交代も幕府より格別の計らいがあって、他藩が一年おきのところを三年おきとすることが許されている。本年も藩主松前道昌《みちまさ》は国許に留まっていた。

監物がわざわざ国許から江戸へ出て来たのは何か問題が起きたのだろうか。

つかの間、鶴子はいやな予感がした。

監物は客間で茶を飲みながら、ぼんやり庭を眺めていた。蒲柳《ほりゆう》の質の松前家の人間の中で、監物だけは恰幅がよく、気性も豪快だった。鶴子の子供達にも父親代わりとなって優しく接してくれた。心底、ありがたいと思っている人物である。

「これはこれは三省院様。お変わりもなく、息災のご様子。監物、心よりお喜び申し上げまする」

鶴子が床の間を背にして上段の間に腰を下ろすと、監物は畏《かしこ》まって挨拶した。しばらく見ない間に監物の頭もすっかり白くなったが、いかつい表情は変わっていない。鼻の下のちょび髭が愛嬌となっているのも。

「なになに。そなたも国許より遠路はるばる江戸までお越しなさり、お疲れでございましょう。お務め柄《がら》とは言え、ご苦労様でございまする」

「温かいお言葉、恭悦《きょうえつ》至極に存じまする。この下屋敷へ伺うのも久々でござる。この前伺ったのはいつのことやら、ちょっと思い出せませぬ」

そう言って、監物は庭に眼を向ける。白い玉砂利を敷いた庭には、前栽《せんざい》の後ろに枝振りの見事な松と、梅、もうすぐ紅葉《こうよう》を迎えるもみじなどが植わっている。所々に石灯籠《いしどうろう》を置いているのも風情を感じさせるが、大名家の庭にしては、あっさりしていた。

「上屋敷が火災に見舞われ、家臣ともども途方に暮れていた時、津軽《つがる》様のご厚意でこのお屋敷を拝借することができました。そなたは、その頃に一度訪れていると記憶しております。もはや十年以上も経っておりますが」

津軽様とは本所・緑町二丁目に上屋敷がある陸奥《むつ》弘前《ひろさき》藩十万石のことである。松前藩とは比べものにならない大名家である。松前藩はたかだか一万石の小藩だった。

「はあ、それほど歳月が経っておりましたか。これはこれは」

監物は長《なが》の無沙汰《ぶさた》を恥じ入るように、頭の後ろに掌を当てた。

「いずれ津軽様には、この屋敷も返上しなければなりませぬが、なかなか適当な場所も見つからず、徒《いたずら》に歳月ばかりを重ねてしまいました。津軽様は、さぞ呆れておいででしょう。ほんに申し訳ないことでございまする」

「津軽様は津軽の瀬戸《せと》（海峡）を隔《へだ》てているとは言え、わが松前藩のお隣りの藩でござる。ご近所のよしみで、今しばらくはご厚意に甘えてもよろしいのではないかと存じまする」

「他人事のようにおっしゃいますこと。本来なら家臣の長《おさ》であるそなたが率先してお屋敷を見つけるべきですのに」

鶴子はちくりと嫌味を言った。

「申し訳ござらぬ。ご公儀より命じられた北方警備に存外に出費が嵩《かさ》み、下屋敷までなかなか手が回りませぬ。三省院様には今しばらくお心を煩《わずら》わせることになりますが、この白髪頭に免じて、何とぞお許しいただければ幸いに存じまする」

監物は苦しい言い訳をする。北方の警備とは外国船を監視し、入港を阻止することである。特に幕府は露西亜《ロシア》の南下を恐れていた。大国露西亜に攻められたら、わが国はひとたまりもない。

そのために蝦夷地の水際に警備の者を置いているのだが、何しろ蝦夷地は広い。万全の態勢とまでは行かなかった。

「して、本日は何か火急の用でもございましたか」

執政ともなれば、それほど呑気にもしていられない。鶴子はそれを考えて監物に用件の有無を訊ねた。

「火急というほどのことでもござらんが、三省院様に上屋敷の女中を一人、しばらく預かっていただきたいとお願いに参上した次第でござる」

「やはり、そういうことでありましたか。お忙しいそなたのこと、単なるご機嫌伺いとは思っておりませんでした」

「相変わらず、三省院様は勘のよいお方だ」

監物は阿《おもね》るような笑いを洩らして言う。

「しかし、この下屋敷は女中の手が足りております る。青山の章昌殿のお屋敷に伺ってはいかがでしょう」

章昌は藩主の次男に当たり、今は青山の下屋敷に居住していた。

「ところが、事情がございまして、あちらへ話を持って行くことができませぬ」

「何ゆえ」

「実はその女中を若様の側室にしようという藩の意向がございまして、いずれ、こちらのお屋敷に若様ともども、ご厄介になることとなりましょう」

若様とは藩主の長男の良昌のことだった。良昌と章昌は鶴子にとって孫に当たる存在だが、二人とも鶴子とは直接の血の繋がりがない。藩主の松前道昌は、鶴子の息子ではなく、公卿の八条家《はちじょう》の出である資昌の正室が産んだ息子である。正室は道昌一人を残して病《やまい》で亡くなっている。資昌は以後、正室を迎えなかった。

鶴子は、資昌の寵愛《ちょうあい》を半ば独り占めしたと言っても過言ではないだろう。道昌の正室も、やはり公卿の出であるが、良昌を産んだ後に、こちらも病で亡くなっている。章昌は、良昌の腹違いの弟であるが、章昌の母のことは鶴子も知らなかった。恐らくは公にできない立場の女性だと思われる。

「ならば、上屋敷にそのまま留め置けばよろしいではないですか」

鶴子は埒もないと言うように応える。

「そういう訳には参らぬのでござる、三省院様。件《くだん》の女中は御半下に暴力を振るい、怪我を負わせてしまったのでござる。ほとぼりが冷めるまでの間、こちらに置かせていただいたほうがよろしいかと」

監物は困惑の表情で言った。

「勇ましき女中であること」

「はあ、別式女として奉公に上がった者ゆえ、腕っぷしもなかなか強うございまする」

「ほう、そのようなおなごに良昌殿が眼を留めるとは、愉快なこと」

鶴子は口許に掌を当てて笑った。

「若様は、その女中を姉のように慕《した》っておりますゆえ、お屋敷から追放してはお悲しみのあまり、お身体の具合を悪くされる恐れがございまする。それで、われらも大いに頭を悩ませていたのでござる」

「良昌殿が姉のように慕っておるとおっしゃいましたか。では、良昌殿より年上なのですね」

「さよう。十八でござる。凜々《りり》しい顔立ちをして、なかなか美しい女中でござる」

「しかし、その女中は何ゆえ御半下に暴力を振るったのでしょう」

「それは、いずれ若様の側室となるならば、悪い虫がついていないかと藤崎殿も心配され、その女中の身辺に探りを入れたのでござる。それが、その女中の怒りを買ったものと思われまする」

藤崎は長局をとり仕切る老女の一人だった。

怪我をした御半下は藤崎の命令で動いたのだろう。鶴子はその話を聞いて、俄《にわか》に事情を察した。

藩はその女中を良昌の側室にして、早々に隠居へ追い込むつもりのようだ。章昌を次期藩主にするために。好みの側室が傍にいれば、良昌もおとなしく隠居するだろうと藩の重職達は考えたらしい。浅はかな考えだと鶴子は思う。恐らく件の女中は良昌の側室となることを、まだ承知していないのだろう。だから、探りを入れられたことで怒りが爆発したのだ。激しい気性の持ち主ならば、それは無理もない。

「わが藩はいつまで世継ぎ問題で揉めるのでありましょうか。家臣も藩主も、突き詰めれば皆、親戚縁者《しんせきえんじゃ》の集まりではございませんか。他藩には例のないことでございますよ。本来なら和気藹々《わきあいあい》ともの事が進むはずが、常に家臣の考えは二分、三分され、その度にあらぬ憶測も飛び交《か》いまする。監物殿、そなた、このことをどう考えておられますか」

鶴子は厳しい声で監物に言った。松前藩は鶴子の言った通り、親戚縁者の集まりだった。

監物からして、鶴子にとっては義理の弟に当たる。

本来なら大名、旗本の養子に行くところを親戚筋の村上家の養子となり、藩政に関わっている。

鶴子の子供達も上の息子だけ旗本池田家の養子となったが、他は代々、藩の家老職を仰せつかる蠣崎《かきざき》家や分家の松前家に養子に入り、娘達もほぼ同様である。藩の結束のためとは言え、この血の濃さが鶴子には鬱陶《うっとう》しかった。

「いや、それぞれに藩の将来を案ずるゆえでござる」

監物は、またも苦しい言い訳をする。

「そうではありますまい。章昌殿は、お身体は壮健でも、良昌殿ほど英明ではありませぬ。章昌殿が藩主となったあかつきには、あの藤崎は思う存分、藩政を牛耳《ぎゅうじ》ることができましょう。そのためには邪魔な良昌殿を早々に隠居に追い込む魂胆《こんたん》なのでしょう。おなごの分際で差し出たことを。して、藤崎にも当然、何んらかのお咎《とが》めがあったのでしょうね」

「藤崎殿は長局を束ねる人物。咎め立てをすれば、女中達の混乱を招きまする。怪我をした御半下は実家に戻しましたが。三省院様、藤崎殿の勝手にはさせませぬ。それはお誓い致しまする」

「何も咎めがない？　それでは、今後も二度、三度と同じことが起こりましょう。監物殿はそれでよろしいのですか。藤崎を増長させるのは藩のためになりませぬ。そこのところを、よく肝に銘じて下されませ。さて、不愉快なお話はこれでお仕舞いに致しましょう」

鶴子は、さっと腰を上げた。監物は縋《すが》るように、件の女中のことはお引き受けできませぬか、と訊いた。

「わたくしが不承知と申しても、そなたは藩の意向であると無理強《じ》いすることでしょう。勝手になされればよろしい」

突き放すように言って、鶴子は客間を出た。

ああ、今日は何んという日であろうか。鶴子の胸は憤怒でいっぱいだった。

自分の部屋に戻り、乱暴な手つきで頭巾を毟《むし》り取った。側仕えの楓《かえで》が、ご隠居様、何かございましたか、と心配そうに訊いた。

「楓、近々、上屋敷から女中が一人やって来ることになりました。色々と込み入った事情を抱えて、大層気の毒な女中なのです。優しくしてやっておくれ」

鶴子はそれだけを言った。承知致しました、と楓は低い声で応えた。

楓が部屋から出て行くと、鶴子は文机の抽斗《ひきだし》を開け、手作りの冊子を取り出した。それは備忘録《びぼうろく》のようなものだった。もの忘れの兆候を感じるようになってから、鶴子は日々のでき事を記《しる》している。その日何があったか、来客の名前、藩の行事で鶴子も出席する時は日時も忘れずに書き留めている。そうすれば失念することは免《まぬが》れる。

「九月八日、午前四つ刻《どき》。

村上監物殿来訪。上屋敷の女中を一人、この下屋敷へ預けたいとのこと。仔細これあり。渋々、承知す。老女〇〇の増長、憎し……」

藤崎の名は敢《あ》えて伏せた。後で人目に触れてはおおごとになる恐れもあるからだ。そこまで記して、鶴子は肝腎の女中の名を聞き忘れたことに気づいた。

（やはり、年だの）

鶴子は胸でそっと呟いていた。

二

村上監物が訪れてから三日後、下屋敷の玄関に駕籠《かご》が横づけされた。中から若衆髷で裃を纏《まと》った娘が下りた。後ろには二人の中間が荷を積んだ大八車《だいはちぐるま》を引いて来たが、中間達は荷を下ろすと、すぐに帰って行った。出迎えた下屋敷の女中達は鶴子の言いつけ通り、その娘を温かく屋敷内に招じ入れた。携えた荷物は長持《ながもち》と柳行李《やなぎごうり》のみで、所持品の少なさに驚いたと、鶴子は後で楓から聞かされた。

茶を飲んでひと息ついてから、その娘は、いや女中は楓につき添われて鶴子の部屋へ挨拶に訪れた。

「ご隠居様、不破刑部様がお越しです」

楓は障子の外から声を掛けた。

「中にお入りなされ」

「承知致しました」

その女中は障子の傍に控えめに腰を下ろすと、不破刑部にございまする、と深々と頭を下げた。

「そこにいてはお話が遠い。もそっとこちらへ参りなされ」

鶴子に促され、刑部は膝を進めたが、それでもほんの僅かだった。鶴子は自分から刑部の傍に近づいた。

「村上殿より、だいたいのお話は伺っておりまする。さぞ、辛い日々をお過ごしだったでしょう」

「畏れ入りまする」

刑部は低い声で応える。白い肌は緊張のあまり青ざめて見えた。濃い眉と、なつめ形の眼が美しい。きりりと結んだ唇は意志の強さを感じさせる。

「ここは下屋敷ゆえ、余計な遠慮は入りませぬ。ゆるゆるとお過ごしなされ。そのようなしゃちほこ張《ば》った裃もお脱ぎなされ」

「しかし、刑部は三省院様の警護を仰せつかりました。外出の際にお伴《とも》をさせていただく時、やはりそのような訳には……」

「わたくしの外出？　大名行列でもあるまいし、その必要はございませぬ。他の女中達のお仕着せを与えてもよろしいのですが、そなたは男姿のほうが性に合うとお見受け致す」

「畏れ入りまする。幼い頃より剣術の修業を続けて参りましたので、並のおなごの恰好は、得意ではございませぬ」

「おもしろいことを言う。おなごの恰好に得意も不得意もあるものですか」

鶴子がそう言うと、楓はくすくすと笑った。

「さて、それでは。袴はともかく、裃の肩衣《かたぎぬ》の代わりに紋付羽織《もんつきばおり》をお召しなされ。これ楓、刑部殿に羽織を。それと、中の着物はそなた達と同じものを用意するように」

「畏まりました」

楓はすぐさま衣裳部屋に衣服を取りに出て行った。

「刑部は本名ですか」

女中と二人だけになった鶴子は少しくだけた調子で訊いた。

「いえ、刑部は奉公に上がってから名づけられました」

「本名は何んとおっしゃる」

「茜でございまする」

「茜。可愛らしいお名前ですこと。ならば、この下屋敷においては茜を名乗るように」

そう言うと、刑部は訝しい眼を鶴子に向けた。とまどっているふうでもあった。

「異存があるのですか。それなら刑部のままでも構いませぬが」

「滅相もない。茜は自分でも気に入っておりますので、三省院様のお気持ちは嬉しゅうございまする」

「ご自分の名前が気に入っているとは感心です。皆々、そう思っている訳ではありませぬ。このわたくしでさえ、里の父につよと無粋《ぶすい》な名前をつけられ、大層不満でありましたから」

「おつよさん……」

刑部は確かめるように呟いた。

「そう、おつよちゃんと呼ばれておりました」

「よいお名前に思いますが」

「お世辞のよい」

「いえ、お世辞ではありませぬ。お父上様が、三省院様のために、ふさわしいお名前をと考えられたのでしょう。それに比べて、知り合いの家の女中で、かすという名前の者がおりました」

「粕漬《かすづ》けのかすですか」

「いえ、みそっかすのかすでございまする。子沢山の家に生まれ、父親が、またもおなごかと嘆息して、破れかぶれにそのような名をつけたのでございましょう」

そう言うと、鶴子は堪え切れずに声を上げて笑った。刑部は二、三度、眼をしばたたいた。先代藩主の側室にしては慎《つつし》みのない笑い方だと思ったのだろうか。

「ああ可笑しい。涙が出ました。このように笑ったのは久しぶりですよ。さて、上屋敷でのことは、今は詳しくお訊ねしないことに致します。でも、今後のこともありますので、お気持ちが落ち着いたら、わたくしに本心を明かして下され。何んぞ、お力になれるやも知れませぬ」

「温かいお言葉、刑部、痛み入りまする」

「本日から茜ですよ。のう、茜」

「はい」

刑部はそう応えて、少し笑った。

鶴子から与えられた黒紋付には松前家の家紋の武田菱《たけだびし》が入っていた。だが、下に重ねる小袖は無地の薄紅色だった。何人かの女中に着回されて、色も褪《さ》め、生地の疲れも目立つが、袷ばかりを着ていた身には、ほっと息をつくような安心感を覚える。仕事は上屋敷の時とは比べものにならないほど楽だった。鶴子だけでなく、下屋敷の老女が外出する際にもつき添うが、その老女達も鶴子の穏やかな性格が反映しているせいか、一人として高飛車な態度をとる者はいなかった。茜は下屋敷に来て、ようやく自分自身を取り戻したような心地がしていた。

しかし、しおりという御半下に怪我を負わせたことは、ずっと心に重く残っている。しおりは茜の留守の間に部屋に忍び込み、手文庫の中の手紙を調べていたのだ。言い交わした男からの手紙でもないかと思ったのだろう。それは老女藤崎の命令に違いない。調べられて困るようなことはひとつもなかったが、やはり茜は怒りを覚えた。

茜は狼藉《ろうぜき》の後、蒲団部屋に押し込められた。

しおりは藤崎様の命令でしたことと言い訳したが、藤崎は卑怯にも、しおりが勝手にやったことで、自分は一切関知していないと応えたという。それは朋輩の長峰金之丞から聞かされた。しおりは僭越《せんえつ》な振る舞いをしたとして実家に戻された。その時点で、茜も奉公を辞めざるを得ないと覚悟していた。

蒲団部屋に押し込められ、少し冷静を取り戻すと、やはり、しおりに暴力を振るったことは、やり過ぎだったと茜は後悔した。まして、しおりが実家に戻されたと知ると、申し訳なさでいっぱいになる。年四両の御半下とは言え、しおりの実家では、それを頼みにしていたかも知れない。

しおりは悪くない。悪いのは藤崎だ。そう思っても、面と向かって藤崎に文句を言うことはできなかった。藤崎は茜の上司だ。上司には逆らえない。ただ、しおりの行動を目撃した時、今後、しおりが茜の部屋に出入りすることを遠慮してほしいぐらいは藤崎に言えたはずだ。それが悔やまれる。まことに後悔先に立たずとは、よく言ったものである。

ちょうどその頃、国許から執政の村上監物がお務め向きのことで江戸に出て来ていた。茜は監物に呼び出され、仔細を訊ねられた。

村上監物は、その口調からおおらかな人物に思えた。どこか茜の父親と似ているような気もした。他の家老達のように四角四面で、こせこせしていない。だから茜も素直に話をすることができたと思う。

「そちは、いかに男と同じ警護役の仕事をしていようとも、中身はおなごである。それを忘れて何んとする。二、三発の平手打ちならともかく、馬乗りになって相手を打擲《ちようちやく》するとは何事ぞ。それがしは今まで多くの女中を見て来たが、そちのような者は初めてだ」

監物はそう言って嘆息した。

「申し訳ございませぬ」

茜は殊勝な態度で謝った。監物が茜の話を聞いたのは、他の家老達との会議が長びいて、遅い中食を摂っていた時だった。監物は驚きのあまり、思わず持っていた箸を取り落としたという。

箸を取り落としたと真顔で言ったのが可笑しくて、茜は思わずくすりと笑った。すかさず監物は、笑いごとではない、と大音声《だいおんじよう》で叱責した。そんなところも父親と似ていた。

「申し訳ございませぬ。刑部は短慮な振る舞いをしてしまいました。この先は、いかようにご処分されても文句は申しませぬ」

すでに覚悟を決めていたので、茜は胸の内を監物に伝えた。

「自分の非を認めるのだな」

「はい」

「まあ、そちの留守に、しおりという御半下がそちの手文庫を開けて、手紙を盗み読みしたことは無礼である。しおりは何ゆえそのようなことをしたのだ」

「存じませぬ」

「手紙の中には、そちが公にされては困るような人物からのものもあったのか」

「ございませぬ」

「しかし、そちはしおりの振る舞いに、かッと頭に血が昇った……そうだな？」

「はい」

「はて、わしには訳がわからぬ」

監物は頭を傾《かし》げた。

「しおり殿はわたくしの身の周りのことを手伝うために、わたくしの部屋に出入りするようになりました。わたくしが若様のお世話で忙しいだろうと、藤崎様のご配慮でございまする。藤崎様のお申しつけならば、お断りすることはできませんでした。しかし、手文庫の中身を改めていたしおり殿に、そこまでするかと怒りを覚え、わたくしは、つい……」

茜は、しおりの振る舞いは暗に藤崎の指示であろうという含みを持たせて応えた。

「藤崎殿は何か考えがあって、しおりにそちの身辺を探らせていたのだと？」

「それは存じませぬ。ただ、その時のわたくしの気持ちは、今となっては自分でもうまく説明できませぬ」

「わかった……」

監物はため息交じりに言った。恐らく、茜の話で監物はすべてを理解したようだ。次期藩主を誰にするかと藩内が揺れているのは、もちろん、監物も承知していた。国許では現藩主も家臣達も良昌を希望しているが、江戸藩邸においてはその限りでなかった。家臣達の意見をひとつに纏めるためにも監物は江戸へ出て来たのだが、事態は監物が考えていた以上に込み入っていた。国許のことなど一切無視して、藤崎と数名の家老達は次男章昌を次期藩主にすべく動き始めていたのだ。とり敢えず、茜を良昌の側室とし、その後は良昌に隠居を促す考えだった。

「これから若様と藤崎殿にも仔細を訊ね、そなたの処遇を決めることに致す。それまで自室で待機するように」

監物はそう続けた。茜は一礼して自分の部屋に戻った。

それから、茜の処遇を巡って会議が持たれたが、茜を辞めさせるべきという家老はいなかったという。つまり、江戸の家老達は誰もが藤崎と同意見であったのだろう。このことを国許にどのように伝えればよいのか、監物にとっても頭の痛いことだったようだ。藩の女中達は、茜が良昌の側室に上がる人間だから、格別の温情を給《たまわ》ったのだと噂した。女中達は何人かを除いて、茜が傍を通る度に白い眼を向けた。それは、蒲団部屋に押し込められたことより茜にはこたえた。

監物は他の女中達のためにも、このまま茜を上屋敷へ置くのはまずいと考え、しばらくの間、下屋敷へ移すことを他の家老達に提案したが、良昌が心細い思いをすると、頑固に反対する者も少なくなかった。

そこで引き下がっては執政としての立場もない。むしろ、江戸の家老達の言いなりのまま、事が進んでしまうと監物は危惧した。

良昌にもお目通りして、茜の処分を訊ねると、良昌は監物の意見に賛成した。三省院様のお傍にいれば、刑部も心安らかに過ごせるはずだ、ここは三省院様にお任せせよ、とのことだった。

「若様は、お心細くはありませぬか」

監物は念のために訊いたという。

「なに、わしは子供ではない。刑部が傍におらずとも何んとかやって行ける。案ずるな」

鷹揚な返答があり、監物はひとまず、ほっとして、その旨を茜に伝えた。

こうして、茜は本所・緑町の下屋敷へ行くことが決まった。

茜は良昌の気持ちがありがたかったが、それでも女中達は、刑部様は若様の覚えがめでたいから、下屋敷に移されるだけでお咎めがないのだと、またしても噂するだろう。茜が良昌の側室となるのも時間の問題だろうとも。

良昌は茜を側室にしたいなどと一度も言ったことがない。茜は実の姉のようだから、傍にいれば安心できると言っただけだ。二人で話をしていても、思わせぶりな言動は、良昌にはなかった。

茜も良昌のことは弟のように思っているだけだ。そこに色恋が生じるはずもない。二人のことは傍にいる者が勝手に気を回しているのだ。それにも茜はいらいらする。

だが、せっかくの良昌の厚意だ。茜はその厚意をありがたく受け取ることにした。正直、今、しおりと同様に実家に戻されるのは辛かった。両親に何んと言い訳してよいのかもわからない。

下屋敷で頭を冷やし、今後のことをじっくりと考えたかった。しおりには申し訳ないが、上屋敷の女中達の白い眼に晒されないだけでもほっとする。

本所の下屋敷は前藩主の側室がとり仕切っていた。何事も三省院鶴子の指示で家臣達が動いている。鶴子の実家は下谷で呉服商を営む「栄倉屋《えいくらや》」である。栄倉屋は上屋敷のごく近所に店を構えていた。恐らく、女中奉公に上がった鶴子に、前藩主の松前資昌が好意を抱き、側室としたのだろう。そのお蔭で栄倉屋は士分に取り立てられた。鶴子の兄である栄倉屋の主は苗字・帯刀を許され、主の息子は藩の馬廻りに就いている。しかも、女中、中間のお仕着せが栄倉屋から入ることは想像に難くない。栄倉屋は鶴子のお蔭で身代は以前よりひと回りも大きくなったはずだ。

この世は突き詰めれば金かと、この頃、茜は思うようになった。すべて金のために藩の人間も動いているような気がした。藤崎にしろ、章昌を藩主にし、自分の有利に働く娘を正室なり側室なりに据えれば、切《き》り米《まい》や合力金《ごうりききん》（衣裳代など）の加増が期待できる。たかだか一万石程度の松前藩にあって、権勢を振るったところで知れたことなのにと、茜は皮肉に思っていた。春日《かすが》の局《つぼね》でもあるまいし。

それとは別に、三省院鶴子その人は、気さくな人柄のように思えた。茜について余計な詮索もしなかった。良昌の側室に上がるつもりはあるのか、などと訊かれたら、茜は何も応えず、だんまりを決め込んだだろう。

鶴子は庭の雑草が眼につくと、墨染の衣の裾を絡《から》げて庭に下り、自ら草取りする。その時は頭巾もなしだ。くりくりした頭を振りながら草取りをした。最初の時、茜は驚いて、そのようなこと、中間にお任せなされませ、と制した。だが鶴子は、指を使うのは惚《ぼ》け防止になると取り合わなかった。仕方なく、茜も手伝ったものだ。雑草が麻袋にいっぱいになると、鶴子は、これ、これほどになりましたよ、と嬉しそうに笑った。

朝は洗面と歯磨きを済ませ、身仕度を調《とと》えると、鶴子は女中達を従えて仏間に入る。亡き夫の菩提を弔うために般若心経を唱える。立派な仏壇には、昨年亡くなった弁天丸こと、松前勝昌《かつまさ》の位牌《いはい》もあった。弁天丸は藩主道昌の側室お愛の方が産んだ男子で、良昌にとっては腹違いの弟に当たる。一時は弁天丸を次期藩主にしようという意見も持ち上がっていたものだ。その後、お愛の方はすっかり元気をなくし、長局の部屋にこもったきりだ。毎日のように訪れていた藤崎も、滅多に訪れない。

藤崎の変わり身の早さにも茜は呆れていた。

隠居の身とは言え、鶴子の毎日は存外、忙しかった。資昌ばかりでなく、松前家にゆかりのある者の月命日には墓参に訪れる。その時には茜も同行する。鶴子は黒塗りの輿に乗って浅草の寺に向かう。お参りの間、茜は外で待つ。その後に鶴子は住職と世間話をするので、半刻ほど待たされるが、奉公も一年を過ぎると、さして苦痛ではなかった。

下屋敷には来客も多かった。隣藩の津軽家の家老やら、実家の栄倉屋の主、以前に松前家に奉公していた女中達も訪れる。鶴子は楽しそうにお喋りに興じる。鼓《つづみ》や和歌の師匠も定期的に訪れる。退屈することなく毎日を過ごす鶴子を見ていると、年を取るのもそう悪いことではないかも知れないと、茜は思っていた。

三

伊与太は緊張していた。本所・榛《はん》の木馬場《きばば》近くの亀沢町《かめざわちょう》に葛飾北斎《かつしかほくさい》の住まいがあった。

そこは高名な浮世絵師とは思えないほどのあばら家だった。二間だけの部屋に台所がついただけの平屋で、北斎は日がな一日、絵を描いて過ごす。毎日、必ず描くものは龍。それは北斎の祈りなのか、その日の己《おの》れの体調を試すためなのか定かにはわからない。長月《ながつき》の半ばに伊与太は師匠の歌川国直に同行し、初めて大北斎の仕事を間近に見た。見た目はどこにでもいる年寄りだった。衣服は粗末だし、口調や仕種《しぐさ》は、お世辞にも品があるとは言えない。しかし、ひと度、絵筆を握れば、そこから無限の世界が紡《つむ》ぎ出される。

畳に黒い下敷きを拡げ、その上に置いた紙に屈《かが》み、尻をおっ立てた恰好で絵を描く。描きながら、そい、そい、そいだの、ほれ、ほれ、ほれだのと合《あい》の手を入れる。本人は調子を取っているつもりなのだろう。襖を隔てて土間口に近い部屋には二十七、八の女が文机の前に座り、そっと北斎の様子を窺《うかが》っている。それが北斎の娘のお栄《えい》である。北斎はこのお栄と二人暮らしだった。

お栄も絵を描くらしく、文机の上には絵筆を入れた竹筒が並んでいた。襖際には粗末な棚があり、そこには折り畳んだ画仙紙《がせんし》やら、下絵やらが収められていた。しかし、あまり整理されておらず、所々、紙の端がだらりと下がっている。棚だけでなく、部屋全体も片づいていない。紙の類《たぐい》が散乱して畳の目も見えないほどだった。

「先生も姐《ねえ》さんも絵さえ描けりゃ、何もいらねェ人だ、家の中に入っても驚くんじゃねェよ」

国直は本所へ行く前、伊与太に釘を刺した。こういうことだったのかと伊与太はようやく合点した。

国直は北斎のすぐ傍に座っているが、伊与太は国直の後ろに遠慮がちに座り、時々、首を伸ばして北斎の仕事ぶりを眺めた。

「お茶が入ったよ。そこの坊や、お飲みよ」

お栄は伊与太にそう言った。お栄は髪を結うのも面倒なのか、ぐるぐるの櫛巻《くしま》きにしている。

縞《しま》の着物の上に黒八《くろはち》の襟を掛けたえんじ色の半纏《はんてん》を重ねていた。北斎によく似た面差しをしていて、お世辞にも美人とは言い難かったが、澄んだ声が耳に快い。細身の姿も感じがよかった。

「姐さん、おいらの分は？」

国直は振り返って、すねたような口調で訊く。

「何んだねえ、子供みたいに。鯛蔵《たいぞう》の分も、ちゃんと淹《い》れたよ」

お栄は苦笑しながら応える。国直の本名は吉川《きっかわ》鯛蔵である。それからお栄は豆大福も伊与太に勧めてくれた。それは国直が手土産に持って来たものだった。だが、菓子皿は用意せず、経木《きょうぎ》に並べられたそれを突き出しただけだ。お栄は二人に茶を淹れたが、北斎には知らん振りだったので、伊与太は気が揉めた。

「あの、先生のお茶も淹れて下さい。喉が渇いていらっしゃると思いますので」

伊与太はおずおずと言った。

「いいんだよ。うちのお父っつぁんはお茶を飲まない人だから。白湯《さゆ》ばかりさ。それに絵を描いている途中で湯呑を傍に置いたら、引っ繰り返してしまうよ。何しろ、年だからね」

「おきゃあがれ！」

北斎は塩辛声《しおからごえ》で悪態《あくたい》をついた。年だと言われたことが癇に障《さわ》ったのだろう。国直は湯呑を手に取りながらお栄と北斎のやり取りに苦笑した。

やがて、龍の絵ができ上がると、北斎はしばしそれを眺め、満足げに肯いた。その後でいきなり描いた絵を鷲摑《わしづか》みにし、両の掌で丸め、土間口に放った。伊与太は驚きで金《かな》縛《しば》りに遭《あ》ったように身体が固まった。

「お父っつぁん、初めて来た坊やが驚いているよ。坊やも絵師の卵だ。少しは気を遣っておくれな」

お栄は窘めるように北斎へ言う。北斎は立ち上がり、ずかずかとこちらへ来ると、経木の豆大福に手を伸ばした。口に放り込むと、白湯、とぶっきらぼうに言う。それから国直と伊与太の間に、どかりと座った。

お栄は、やれやれという表情で火鉢の鉄瓶から湯を注いだ。

「こいつはおれの流儀だ。他人にどう思われようと構ったこっちゃねェ」

北斎は伊与太になのか、自分になのか、どちらともつかずに言う。

「そうです、そうです。先生はご自分の好きになさっていいんですよ。それでこそ北斎先生だ」

国直は北斎を持ち上げるように言った。

「毎日、龍をお描きになるんですか」

伊与太は緊張しながら訊いた。龍も描くとなったら気骨が折れる。それを半刻足らずででかすとは、やはり大した腕である。

「んだ。龍は人の頭が作り出した怪物よ。おれァそこがおもしれェ。よくもあそこまで細かく考えついたもんだ。おれは毎日、人が考えた龍をなぞっているだけだが、それでも飽きねェ。見たこともねェ景色や生きものを描くのは絵師にしかできねェこった。え？　そう思わねェか。それによ、絵で見るだけなら極楽よりも地獄のほうがおもしれェぜ。極楽は暑くも寒くもなく、ひだるくもねェ世界だとよ。蓮《はす》の花が咲いている傍をお釈迦《しゃか》様がゆらゆら歩いているだけだ。どうも間延びしているようで、おれァ、ずっとしねェ。それに比べりゃ、地獄は血の池だの、針の山なんぞがあって、赤鬼やら青鬼が金棒《かなぼう》を振り回して地獄に落ちた者を追い掛けるんだと。考えるだけでわくわくすらァ」

た。

「まあ、確かに」

伊与太は相槌《あいづち》を打ったが、せっかく描いた龍の絵を丸めて放ることは理解できなかっ
た。

「へへえ、やけにものわかりのいい弟子を見つけたもんだ。鯛蔵、こいつの見込みはあ
るのけェ？」

北斎が国直に訊いたので、伊与太は新たな緊張を覚えた。国直が自分をどう思ってい
るかは、今まで面と向かって聞いたことがなかったからだ。

「絵が好きですから、今のところはそれでいいんじゃねェですかい」

国直はおざなりに応える。

「そうか、坊主は絵が好きなのか」

北斎は黄色い目脂《めやに》がついた眼で、まじまじと伊与太を見る。伊与太はその視線にたじ
ろぎ俯いた。坊やだの、坊主だのと子供扱いされるのは癪《しやく》に障るが、北斎やお栄にすれ
ば、自分はまだまだ子供に見えるのだろう。

「どんな絵を描くのよ」

北斎は興味津々という態《てい》で続ける。

「人物画はそこそこ行けます。そこはかとない品も感じられますしね」

国直が横から助け船を出すように言ってくれた。

「そうけェ……お栄、百姓が牡丹《ぼたん》を眺めているもんと、木こりが雁《かり》を眺めているもんを見せてやんな」

北斎はふと思いついたようにお栄に命じた。

「どこに置いたかねえ。埒もねェもんだと言っていたから、さして気にもしていなかったんだよ」

「まさか、紙屑拾《かみくずひろ》いにでも売っ払ったんじゃねェだろうな」

「そこまではしないが、あの絵は坊やに見せるほどのものだったのかえ」

「ばかやろう。こちとら年季《ねんき》が違わァな。それに、この坊主がどう思うか気になるんだ」

お栄は棚のあちこちを探して、ようやく肉筆画と思《おぼ》しき画仙紙を取り出した。

「いいかえ、坊や。うそでも褒《ほ》めておやりよ。うちのお父っつぁんは褒められるのがいっち好きだからね」

お栄は絵を拡げる前にそう言った。どんな絵でも北斎の絵なら勉強になる。伊与太の期待は膨らんだ。

「ほら、こんな絵だよ」

お栄が見せてくれたのは、破《や》れ鍋に真紅の大きな牡丹を植え、それをうっとり眺めている百姓らしき男の絵と、杣人《そまびと》が地面に立てた大斧《おおよき》に凭《もた》れ、空を渡る雁の群れを見上げている絵だった。

伊与太は思わず涙ぐみそうになった。およそ風流とは縁のない暮らしをしている者でも、美しい花を見れば美しいと感じる心がある。

それを迂闊《うかつ》にも伊与太は忘れていた。くの字なりに空を渡る雁には美しさと移ろいゆく季節感がある。杣人はそれを見て、ああ、秋だなあと感慨に耽《ふけ》っている様子があった。様々な仕事に就いている者を伊与太もこれまでたくさん描いて来たが、人物の姿をそのまま描いたに過ぎない。描く人物の心の内まで分け入ったことがなかった。しかし、北斎の絵にはそれがある。その人物の普段の暮らしまでも想像された。百姓の男は仕事を終えて家に帰れば、囲炉裏端《いろりばた》に座り家族ともどもささやかな食事を摂る。杣人もひと仕事終えた夜には、にごり酒に酔い、明日の英気を養うのだ。そんな暮らしの中でも美の心に触れる瞬間がある。北斎はそれを逃さず絵に描いたのだ。

「どうした」

黙ったままの伊与太に国直は心配そうに訊いた。

「敵《かな》わないと思いました」

途端、国直は伊与太の後頭部を張り、当たり前《め》ェだろうが、と声を荒らげた。

「おやめ、鯛蔵。この坊やは絵の心がわかっているんだよ」

お栄は伊与太の表情から察してくれたようだ。

「でも、坊や。騙《だま》されちゃいけないよ。これはお父っつぁんのお得意の手だ。絵を見る者を手玉に取っているのさ」

お栄はそう続けて、ふっと笑った。

「手玉に取るたァ、何んて言い種だ」

北斎は不満そうに文句を言う。

「そうじゃないか。幾ら絵師の腕がよくても、見たり買ったりするのは客だ。言わば素《しろ》人《うと》さんさ。その素人さんの好みで絵師の価値も決まるんだ。手玉に取らなくてどうする。あっと言わせなくてどうする」

お栄は、やや興奮した口調で言った。伊与太は圧倒されていた。北斎その人よりもお栄に。

お栄はさり気なく絵師の心構えを自分に教えているのだと思う。

手玉に取らなくてどうする、あっと言わせなくてどうする——伊与太はお栄の言葉を胸の内で繰り返した。

鮮やかな啖呵《たんか》を切る女がここにもいた。伊与太はお栄の中に母親と共通するものを感じた。

「心に滲みるようないい絵です。おいらは喜んで先生の手玉に取られたいと思いました」

伊与太がそう言うと、北斎は嬉しそうに声を上げて笑った。

「聞いたかお栄。いい絵だとよ」

お栄は、北斎に返事をせず、鉄瓶を持ち上げて水を足しに台所へ行った。伊与太はまずいことを言ってしまったのだろうかと、そっと国直の顔色を窺った。国直もじっと北斎の絵に見入っていたが、先生、乙粋《おついき》ですよ、こんな絵を描けるのは先生以外におりません、と言ったので、伊与太は、ほっとした。

「なに、どうということもねェもんよ。その証拠に買い手がつかねェ。鯛蔵、買わねェか」

「いいですよ。あいにく二、三両しか持ち合わせがござんせんが」

「両の値をつけるのか。さすが、売れっ子絵師だの。なに、冗談よ。売る気なんざねェよ」

「でしょうね」

国直は北斎の気性を呑み込んでいた。伊与太はそれにも感心した。一刻《いっとき》ほど北斎の家にいただろうか。国直は気さくな調子で、また寄せて貰いやす、と言って腰を上げた。

「今度ァ、醤油団子を買って来てくんな」

北斎は冗談交じりにねだる。

「おやすい御用ですよ」

「坊や、またおいで。いいものを描いたら見せておくれな」

お栄は優しく伊与太に言った。

四

「お前ェ、先生と姐さんに気に入られたようだぜ」

外に出ると、国直はそう言った。

「そうですかねえ。あのお栄さんという人も絵を描くんですね」

「おうよ。先生の美人画は姐さんが代筆したものがほとんどだと噂がある」

「それだけ腕があるのなら、一本立ちして描けばいいのに」

「まあな。だが、板元《ばんもと》はおなごの絵師にはいい顔しねェ。たとい北斎先生の娘でもよ」

「どうしてですか」

「甘《あ》めェな、お前ェも。これが世の中よ。何んの世界でもおなごが才を見せれば、すぐさま男は潰《つぶ》しに掛かるのよ。おなごに負けてたまるかと思うんだろうな。昔から女絵師は、いるにはいたが、世間にその名が知れ渡るところまでは行かなかった。一部の好事《こうず》家《か》に知られているだけだろう」

「そんなもんですかねえ」

「そんなもんよ。姐さんを見ていると、おいらつくづく、男でよかったと思うぜ。お前ェも男でよかったな」

「ええ、まあ……」

伊与太はそう応えたが、何か理不尽な思いが拭《ぬぐ》い切れなかった。お栄の才もこのまま埋もれてしまうのだろうか。北斎の代筆を任されるぐらいだから、きっと並々ならぬ腕に違いない。いつかお栄の絵も見せて貰いたいものだと思う。

二人は両国橋へ向けて歩みを進めた。両国橋を渡り、広小路に出てから国直の住まいがある田所町へ戻るつもりだった。

国直は月に一、二度、北斎の家を訪れる。流派は違うが、国直は北斎に私淑《ししゅく》していた。それにより、師風を変えたと、歌川派の大師匠に疎まれないかと伊与太は心配しているが、国直は頓着《とんちゃく》する様子もなかった。

回向院《えこういん》の傍まで来た時、黒塗りの輿が静々とこちらへ向かって来るのに気づいた。身分の高い武家のようだ。陸尺《ろくしゃく》（貴人の駕籠舁《か》き）が担《かつ》ぐ輿の左右に伴の者がつき添っている。

伴は薄紅色の着物を着た女中達だったが、先頭にいるのは若党のようで紋付、袴の恰好だった。伊与太と国直は端に寄って道を開けた。

若党は畏れ入ります、というように小さく頭を下げた。途端、伊与太の胸が硬くなった。

若党と見えた者は茜だった。もう一年以上も顔を見ていなかった。茜は背丈が伸び、顔の表情も大人びていた。

茜は下谷・新寺町の松前藩の上屋敷に奉公しているはずだった。本所で出くわすとは思いも寄らない。

「お嬢」

伊与太は思わず声を上げた。茜の眉がその拍子にぴくりと持ち上がったが、こちらは見ない。

だが、眼の隅《すみ》で伊与太の姿を捉えたはずだ。

「お嬢、お務めがんばれ。辛いことがあっても辛抱しろ」

伊与太は言葉を続けた。他の女中達は怪訝な眼を伊与太に向けた。誰に声を掛けているのかという表情だった。

「お控えなされ。松前藩のご隠居様のお通りですぞ」

茜はついにこちらを向き、低い声で制した。

伊与太とつかの間、視線が絡み合った。

「すんません。ご無礼致しました」

伊与太は頭を下げた。茜はすぐに前を向き、歩みを進めた。輿はそれから何事もなかったように東の方向へ去って行った。

「知り合いがいたのか?」

国直は立ち止まって伊与太の様子を見ていた。

「ええ。お父っつぁんが世話になっている奉行所の役人の娘で、松前様に女中奉公に上がっているんですよ」

「それでお嬢か。後でそのお嬢、上の者に怒られるんじゃねェか? 道端でどこの馬の骨かわからねェ者に声を掛けられたって」

「あ!」

伊与太は途端に慌てた。その恐れはある。

「これが大名行列だったら、お前ェ無礼討ちだぜ」

国直はさらに脅《おど》かす。伊与太の顔がそれとわかるほど青ざめた。

「なに、冗談だ。ささ、両国広小路に出て、鰻《うなぎ》でも喰うか」

「先生もお人が悪い。脅かすのもたいがいにして下さい」

ほっとすると、伊与太はぷりぷりして言った。

「北斎先生と姐さんがお前ェを気に入ったようだから、悋気《りんき》(嫉妬)したのよ」

国直は悪戯《いたずら》っぽい表情で応えた。

「何言ってるんですか。天下の国直先生が下っ端の小僧に悋気するなんて、らしくもないですよ」

「だな。おいらも了簡の狭《せ》めェ男よ」

「へえ、わかっているんですね。こいつは畏れ入りました」

「からかっているのか、このう！」

「冗談ですよ。さっき脅かされたお返しです」

「……………」

国直は埒もない話を仕舞いにして、大股でぐいぐい歩き出した。伊与太は国直の後からついて行きながら、茜の顔を思い出していた。

茜は何んとかお務めを続けているようだ。

我儘娘の片鱗は微塵も感じなかった。きっとこの一年余りで茜も成長したのだろう。自分も成長したのだろうか。わからない。伊与太は首を傾げた。茜が今、何を考えているのかもわからなかった。まっすぐに前を見つめていたその眼と、引き結んだ唇には、務めを全うしようとする奉公人以上のものはなかった。寂しさも苦しさも茜は封印しているのかも知れない。それを思うと不憫《ふびん》なものも感じる。

「すまじきものは宮仕《みやづか》え、か……」

独り言が思わず出た。その拍子に国直が振り返り、何が宮仕えだ、と訊いた。

「いえ、何んでもないです」

伊与太は慌てて取り繕った。


三省院鶴子は、その日、回向院に出向き、座主《ざす》の計らいで、開帳《かいちょう》される仏像を参拝客よりも早く拝ませて貰った。回向院は全国各地の由緒ある仏像を招聘《しょうへい》して開帳を行なうことが多かった。

江戸にいながら諸国の仏像を参拝できるので、人々はご利益を期待して訪れる。開帳のある時は見世物小屋《みせものごや》などの興行も許されるので、回向院界隈は大変な人出となる。回向院の座主は高齢の鶴子を慮り、事前に参拝させてくれたのだ。信心深い鶴子のことは本所でも評判になっていたせいもあろう。

この度の開帳は信州善光寺《ぜんこうじ》の阿弥陀如来《あみだにょらい》像だった。

鶴子が想像していたより、ずい分、小さな阿弥陀様だったが、それは却《かえ》って本物であるという思いを強くしたものだ。鶴子はありがたさに感激した。

翌日からの開帳に備え、色々回向院にも仕度があるだろうと思い、鶴子は早々に暇乞《いとまご》いした。輿に乗り込んでからも鶴子は軽い興奮を覚えていた。善光寺の阿弥陀様にお目に掛かれるのも生きているからこそである。

もはやこの世に未練もなかったが、松前藩の跡継ぎ問題のことは気になる。鶴子の眼の黒い内に見届けたかった。そして、めでたく次期藩主が決まった後、もしも鶴子に気力が残っていたなら、国許に行って余生を送りたいと思っている。寒さ厳しい蝦夷地の松前であるが、いずれ自分の命がはかなくなれば国許の法幢寺《ほうどうじ》に葬られることになろう。法幢寺は松前家の墓所と定められている。

そこには代々の藩主、正室、側室が眠っている。もちろん、夫の松前資昌もそこに葬られた。

死ぬまで国許を訪れないというのは、夫にもご先祖様にもあいすまぬことだ。是非とも行くべきだ。国許では和歌を詠《よ》み、家臣達に御仏《みほとけ》の功徳《くどく》を話して聞かせたい。さすれば、とげとげした家臣達の気持ちも少しは和《なご》むはずだ。そういう考えを持つ気になったのも善光寺の阿弥陀様の導きに思えた。

鶴子は輿に揺られながら、そんなもの思いに耽った。

しかし、回向院を出て、間もなく、鶴子のもの思いは遮《さえぎ》られた。甲高い若者の声が聞こえて来た。何んと言っていたのか、最初はよくわからなかったが、お務めがんばれ、辛いことがあっても辛抱しろ、と励ます言葉は理解できた。しかし、誰に呼び掛けたのかはわからなかった。

伴に就いた茜が、すかさず若者を制した。

若者はすぐに、すんません、ご無礼致しましたと詫びた。それからは何事もなく鶴子の乗った輿は緑町五丁目の下屋敷へ向かって進んだ。

ほっと安堵の吐息をつくと、今度は盛んに洟《はな》を啜《すす》る音が外から聞こえ、鶴子は気になった。誰か風邪気味の者でもいるのだろうかと思った。そっと輿の窓簾《まどすだれ》から外を覗くと、目の前に茜の姿があった。

茜は泣いていた。水洟を啜りながら必死で嗚咽《おえつ》を堪えていた。鶴子は茜の泣いた顔を初めて見た。上屋敷で失態を演じた時も涙ひとつこぼさなかったと、上屋敷から訪れた家老の一人が言っていた。

気丈な娘だと鶴子は思っていたが、道端で出くわした若者の言葉に茜は呆気なく泣いた。

それが鶴子には驚きだった。その若者は茜の存じよりの者だったのだろうか。

じっくり思い返してみれば、若者は茜に、お嬢、と呼び掛けていたような気もする。お嬢さんではなく、お嬢。すると、茜より身分の低い者であろうと想像されたが、さん付けしないところは、身分を超えた親しい間柄にも思える。

良昌がこれを知ったら何んと思うだろう。

鶴子はつかの間、不安にかられた。しかし、いやいや、自分は茜を信じている。信じているはずだ。藤崎と同じような詮索をしては茜を傷つけると思い直した。茜は身辺を探られて困るようなものは置いていないと、きっぱり言ったではないか。やはり老婆心に過ぎないだろう。

下屋敷に着いたら、茜に母親へ手紙を書くことを勧めようと鶴子は思った。きっと下屋敷に移ったことは、まだ知らせていないに違いない。母親に手紙を書くことで、茜の気持ちも少しは落ち着くはずだ。

下屋敷に着き、輿から下りる時、そっと茜を見ると、もはや普段と変わらない表情をしていた。ぽっちりと鼻の頭が赤くなっていたが。

(そなたは、何ゆえ泣いたのですか)

問い質《ただ》したい気持ちを鶴子は抑《おさ》え、苦労であった、とねぎらいの言葉を掛けた。

茜は小さく会釈した。その時には、手紙のことなど、全く忘れていたので、後で思い出して鶴子は苦笑いしたものである。

「九月十五日。本所回向院にて善光寺の阿弥陀如来像に参拝す。穏やかなるご尊顔にこの胸は熱くなる。ありがたきかな。松前藩のいついつまでも変わらぬ安泰と繁栄を祈願する。帰途、女中某、涙す。若き娘の心の内は妾《わらわ》にも理解できず。かつては妾も若い娘の時代があったものを。」

その日、鶴子は手作りの冊子にそう書き記した。鶴子の冊子を下屋敷の女中達は、ひそかに「三省院様御手留《おてどめ》」と呼んでいた。そこに何が記されているのか、誰も見た者はいない。だが、冊子はもう、かなりの数になっている。今後も気力のある限り、書き続けて行こうと鶴子は思っている。

その冊子が家臣達の眼に触れるのは、恐らく、鶴子の死後のことになるだろう。存外に下世話《げせわ》なことも書いているので、これが三省院様の正直な胸の内なのかと驚くかも知れない。構うものかと思う。死後のことまで頓着していられない。

鶴子は冊子をしまうと、夕餉までの間、草取りをしようと庭へ向かった。驚いたことに、茜は麻袋を携え、廊下に控えていた。

「わたくしが草取りをすることがわかっていたのですか」

鶴子は茜に訊いた。

「はい。乗り物で回向院までいらっしゃいましたので、さぞ窮屈な思いをなさったと存じまする。お気晴らしに草取りをされるのではないかとお待ち申しておりました」

「なかなか気のつくこと。感心ですね」

「畏れ入りまする」

「風が冷たくなりました。そなた、風邪など引かぬように」

「ご隠居様こそ、お気をつけあそばしますように」

茜はそう言って、ふわりと笑った。美しい笑顔だった。

以《い》津《つ》真《ま》天《でん》

一

　夕七つ（四時頃）過ぎ、北町奉行所定廻《じょうまわ》り同心《どうしん》の不破龍之進は務めを終え、出迎えに来た中間の和助《わすけ》とともに八丁堀・亀島町の組屋敷へ帰るところだった。

　霜月に入った江戸の空は厚い雲で覆《おお》われ、陽の目も見えない。おまけに木枯らしが路上の砂埃《すなぼこり》を舞い上げ、通りの家々に容赦なく吹きつける。表戸の桟《さん》には、どこの家も薄茶色の埃が溜《た》まっていた。西河岸町《にしがしちょう》の質屋の暖簾《のれん》は、ばたばたと無粋な音を立てるだけでなく、端が棹《さお》に固く巻きつき、よじれている。気が滅入るような寒々とした景色だ。そういう龍之進も着物の裾がめくれ上がり、毛脛《けずね》を露《あら》わにして歩いているありさまだ。

　つかの間、龍之進は廃墟となった町に紛れ込んだような心地がした。通り過ぎる者の姿がなかったせいだろう。だが間もなく、前屈《まえかが》みで先を急ぐお店者《たなもの》ふうの男や、買い物籠を下げた商家の女中らしい女が通りに現れたので、ほっとする。

龍之進が知る限り、この江戸に廃墟となった町などない。改めてそれを確認する思いだった。

女の買い物籠から葱《ねぎ》の青い部分がはみ出ていた。葱の青さが寒々とした景色の中で、やけに鮮やかに見えた。

悪い天気にかこつけ、龍之進も本日の見廻りを早々に切り上げ、奉行所の同心部屋で仲間と世間話に興じながら退出するまでの時間を潰《つぶ》した。他に差し迫った事件が起きていなかったのが幸いだった。そうでなければ昼間から呑気にしてはいられない。定廻り同心は俗に、背中に皹《ひび》を切らして市中を歩き廻ると言われる。幕府が発布する法令に従い、非違《ひい》を見定め、犯罪の捜査、下手人及び咎人《とがにん》の捕縛《ほばく》を司《つかさど》る定廻り同心が、たった六人というのは適切なのか、そうでないのかわからない。わからないが、龍之進が奉行所に初出仕《はつしゆつし》してから今日まで人員の改正は、なされていなかった。南町奉行所も同様である。だから適切なのか。いや、無理やり間に合わせているだけだろう。龍之進は皮肉な気持ちで思う。

後ろで和助が湿った咳《せき》をした。喉がいがらっぽくなったのだろう。和助は埃よけに手《て》拭《ぬぐ》いで頬被《ほおかぶ》りをしていた。お仕着せの着物の上に紺半纏を重ねている。少し猫背なので、その恰好でいると、ちょいと見には、とても二十二歳の若者とは思えない。

昔、不破家にいた下男の作蔵《さくぞう》のことを、ふと思い出す。作蔵も龍之進の件をする時、ごほッ、と湿った咳をしたものだ。作蔵が死んでから十年以上も月日が流れた。和助が咳をするのを聞いて作蔵を思い出すとは妙なものだ。

「悪い天気が続きますね。もう四日もお天道《てんとう》さんの顔を見ておりませんよ。このまま雪になるんじゃ、やり切れませんねえ」

和助は黙っているのが気詰りになったらしく、そんなことを言う。

「全くだ」

龍之進は気のない相槌を打った。

「せめて若奥様のご出産の日は、ぱあっと日本晴れになってほしいもんですよ」

龍之進の妻のきいは臨月を迎えていた。産婆のおとしの話では、予定日は霜月の晦日《みそか》辺りということだが、いつ生まれても不思議ではないほど大きな腹をしている。一旦、横になると起き上がるのも容易でなく、反動をつけながら、よいしょ、と掛け声を入れて起き上がっている。不破家の人間は誰しも心配そうに見ているが、当人は至って元気で相変わらず旺盛な食欲を見せていた。

父親になった時の気分はどのようなものだろうか。今の龍之進には想像ができない。奉行所の朋輩達は皆、龍之進よりひと足早く妻帯して、もはや手習所《てならいどころ》へ通うほど大きい子供もいる。これで皆と足並みを揃えることができると龍之進は安堵しているが、先輩面《づら》をして、あれこれと龍之進に忠告を与える者もいた。お産と侮《あなど》ってはいけない、それで母子ともども命を落とすことがある、くれぐれも気をつけられよ、と。

親切な忠告が龍之進に不安を与えているとは思ってもいない様子である。うそでも、お前の女房なら大丈夫だと言えないものか。いや、しかし、油断は禁物かも知れない。めでたい日が弔いに変わる恐れがないとも限らない。白い布を被せられたきいの姿を想像するだけで胸が締めつけられる。この際、無事に生まれて来るのなら、男子だろうが女子だろうが、どっちだって構わなかった。

八丁堀に通じる海賊橋《かいぞくばし》の手前の本材木町《ほんざいもくちょう》一丁目の通りに出た時、江戸橋方向からやって来た男とすれ違った。男は縞の着物を尻端折《しりつぱしょ》りして、下にねずみ色の股引《ももひき》を穿《は》いていた。

男は着物の上には綿入れの袖なしを重ね、和助と同じように頬被りしている。足許は紺足袋に雪駄《せった》だった。荷物は何も持たず、寒そうに懐手《ふところで》をして歩いていた。百姓とも職人ともつかない。特に不審を覚えるものはないので、龍之進はそのままやり過ごそうとした。だが、男は「今、帰りか?」と親しげな言葉を掛けて来た。

その声を聞いて、隠密廻《おんみつまわ》り同心の緑川鉈五郎《みどりかわなたごろう》だと気づいた。龍之進の朋輩の一人である。見習い同心として奉行所に上がったのも一緒だった。隠密廻りは探索する際、変装をすることもある。いや、近頃の鉈五郎は、奉行所で朝の申し送りを済ませると、すぐさま紋付羽織を脱ぎ、行商人や商家の手代、あるいは職人ふうの恰好に着替えるのがもっぱらだった。あまりに変装が堂に入って、門番に誰何《すいか》されることもあるほどだ。

「ああ。おぬしの務めもこれで仕舞いか？」

龍之進は立ち止まって訊く。

「そういうことだ。訳のわからねェ風聞《ふうぶん》の聞き込みで精が切れた。おまけにこの天気で気も滅入るわ」

鉈五郎はくさくさした表情で言う。

「何んだ、訳のわからねェ風聞とは」

「変な鳥が鳴いているんだと。千代田のお城の富士見櫓《やぐら》の上にとまっていたとか、下谷の大名屋敷の屋根にいたとか様々よ。気味が悪いから調べてくれと訴える者が続けば、奉行所も捨て置くことができず、おれに振って来やがった」

「おぬしも大変だな」

「ああ、大変だ。ゆっくり酒でも飲んで憂《う》さを晴らしてェもんだが、家に帰れば娘達が何んだかんだと纏わりついて来て、酒の味もろくにわからぬ」

そうは言ったが、鉈五郎はまんざらでもない顔をしている。以前、鉈五郎は龍之進に冗談交じりだったが、娘達について、人生でこれほど人に慕われたことはないと言っていた。

鉈五郎には五歳と六歳の年子の娘が二人いた。

「おれでよければ憂さ晴らしにつき合うぜ。本日は特に急ぎの用事もないことだし」

龍之進は気軽に言った。

「しかし、おぬしの嫁は、今、これだろう」

銘五郎は自分の腹の前で弧《こ》を描く仕種をした。

「なに、生まれるのはまだ先だ。変な鳥の話はおれも興味がある。聞かせてくれ」

「そうか。それならすぐに着替えをして追い掛ける。見世は例の侘助《わびすけ》か？」

「ああ、ツケが利《き》くしな」

「侘助」は八丁堀の提灯掛《ちょうちんが》け横丁《よこちょう》にある小料理屋で龍之進の父親もなじみにしている見世だった。

「飲み代《しろ》は割り勘で行こう。後で払うから、ちゃんと請求しろ。いいわ、いいわで奢《おご》らせたら、おぬしの嫁に恨まれる」

銘五郎は悪戯っぽい表情で言った。

「わかった」

そう応えると、銘五郎はいそいそと奉行所へ向かって去って行った。

「そういうことだから、和助、お前ェは先に戻れ。母上とうちの奴には、晩めしは先に済ませて構わぬと伝えろ」

龍之進は振り返って和助に言った。

「へい。緑川様と一緒に飲むなんてお珍しいですね。若旦那はあの方が苦手と思っておりましたが」

和助は怪訝そうに言う。のっぺりとして人のよさそうな表情をしている男である。だが、頭は悪くなく、人の気持ちを読むことにも長《た》けているので龍之進は中間として重宝している。

「昔はあいつが大嫌いだった。しかし、務めを続けている内に、いつの間にかそんな気持ちは消えた。皮肉なもの言いをするところは相変わらずだが、いざという時には頼りになる男だ」

「いいですね、そういうのは。手前はいつまで経っても嫌いな奴は嫌いなままですから」

「三保蔵とうまく行っておらぬのか」

ふと、下男の三保蔵《みほぞう》のことが気になった。

「とんでもない。三保蔵さんはいい人ですよ。手前のことを本当の倅のように思ってくれますから。嫌いな奴というのは、前の奉公先の仲間のことですよ。今でも思い出すと腹が立つことがあります」

和助は以前、米屋の手代をしていた男である。その米屋が潰れたので口入れ屋《くちいれや》（周旋業）を介して不破家に奉公するようになったのだ。

「そうか。つまらぬことを訊いて悪かったな。三保蔵も年だから、それとなく気をつけてやってくれ」

「へい、それはもう、承知しておりますよ」

和助は笑顔で応えた。

龍之進は松平和泉守《まつだいらいずみのかみ》の上屋敷前の辻《つじ》で和助と別れ、北島町《きたじまちょう》の方向へ歩みを進めた。奉行所の組屋敷が途切れた町家の一郭に提灯掛け横丁がある。侘助は、その横丁の真ん中辺りにある見世だった。時刻は少し早いが、なに構うものか。この天気だし。龍之進は鉈五郎と飲む理由を悪い天気のせいにしていた。

二

提灯掛け横丁に入ると、強い風も幾らか収まったように感じた。周りが家で囲まれているせいだろう。柿色に「侘助」と白く染め抜かれた暖簾は揺れていたが、西河岸町の質屋の暖簾ほど風に煽《あお》られてはいなかった。

軒行灯《のきあんどん》にまだ灯《ひ》は入っていなかったが、油障子を開けて中に入ると、いらっしゃいませ、と料理人、女中の声が一斉に聞こえた。

「少し早いが、いいかな。これからもう一人と待ち合わせだ」

龍之進は誰にともつかずに言った。

「お二人さんですね。小上《こあ》がりへどうぞ」
十六、七の若い女中が神棚の下の席へ促した。衝立《ついたて》で仕切られた小上がりは、他にふた組の客が座れるようになっている。龍之進は腰を下ろし、腰の大小を外した。時刻が早いせいで、客はまだ誰もいなかった。飯台《はんだい》で囲った中の板場で、三人の料理人達が料理の仕込みに余念がなかった。醤油だしのいい匂いもする。料理人の一人が鍋の蓋を開けた拍子に盛大に湯気が立ち昇ったのが見えた。
先に酒だけを注文した。料理は鉈五郎が来てから決めようと思った。女中は酒と一緒に突き出しの小丼《こどんぶり》を運んで来た。突き出しは貝の剝《む》き身《み》を茹《ゆ》でたものに佗助の秘伝の甘辛だれをさっと掛け、それに柚子《ゆず》の皮を擂《す》ったものがまぶされていた。

柚子の香りが、つんとした。よい香りだ。だが、子供の頃、龍之進は薬味となるものが苦手だった。青紫蘇《あおじそ》、生姜《しょうが》、わさび、三つ葉、芹《せり》、茗荷《みょうが》などは、皆、よけて食べた。柚子も同じだ。いつから食べられるようになったのだろうか。ちょっと思い出せない。今はむしろ好物だ。

銚子の酒を半分ほど飲んだ頃、鉈五郎が現れた。着流し、紋付き羽織の同心の恰好に着替えると、いつもの鉈五郎の顔になる。鉈五郎は急いでやって来たらしく荒い息をしていた。

「そんなに急いで来ることもあるまい。時間はたっぷりある」

龍之進は笑いながら言った。

「おぬしと久しぶりに飲めると思ったら、気がはやった」

銈五郎は無邪気に応える。龍之進は、ちょっと嬉しかった。銈五郎が座ると、侘助の亭主の松五郎《まつごろう》が自ら銚子と突き出しを運んで来た。侘助の先代はとうに亡くなり、今は三男の松五郎が見世を引き継いでいた。松五郎は四十二、三の年頃で、痩せた身体をしている。

始終、板場で料理をとり仕切っているので、抜け上がったような白い顔をしていた。松五郎は若い頃、山谷《さんや》の「八百膳《やおぜん》」という有名料理茶屋で修業を積んだ男である。そのお蔭で侘助を継いだ後も、吟味した酒とうまい料理を出してくれる。それでいて値段は格段に安い。贔屓《ひいき》の客が多い理由《わけ》である。

「不破様、緑川様。ようこそお越し下さいました。お二人のお父上様も、時々、そうして差し向かいでお飲みになっております。親子二代に亘《わた》ってご贔屓いただくとは、手前は果報者でございます」

松五郎は感激した様子で言った。いやいや、龍之進は照れ笑いにごまかした。そのお蔭でツケが利くとも言えない。

「さて、お肴《さかな》は何がよろしいでしょうか。季節柄、鍋物はいかがでしょうか」

松五郎は笑顔で注文を訊く。

「どうする、鉈五郎。湯豆腐にでもするか？」

「何んでもいい。特にお勧めの鍋でもあるのか」

鉈五郎が松五郎に訊くと「では、ねぎま鍋はいかがでしょう。鮪《まぐろ》と葱の相性がよろしゅうございます」と、応える。葱の青さが龍之進の脳裏に甦《よみがえ》る。気を惹かれた。

「それにするか？」

「いいだろう」

鉈五郎も肯く。

「それと何か刺身を見繕《みつくろ》ってくれ。おぬしは他に喰いたいものはないか？」

龍之進が訊くと、それじゃ、卵焼きを、と鉈五郎はおずおずと言った。

「え？　卵焼き？　酒のあてにならんだろう」

龍之進は少し呆れて言う。好きなんだ、と鉈五郎はぶっきらぼうに応えた。

「はい、承知致しました。卵焼きはうちの見世の得意料理でもございますので」

松五郎はにこやかに笑って、板場へ料理を声高に命じた。へい、と料理人達の声が揃った。松五郎はごゆるりと、と言って下がった。

「ここの亭主はおぬしの父上とおれの父上が時々ここで飲んでいると言っていたが、そうなのか」

鉈五郎は龍之進に酌《しゃく》をしながら訊く。

「らしいな」

「ちっとも知らなかった。それほど二人は仲がよかったのかな」

「昔はお務めに忙しく、そんな暇もなかったが、この頃はつるんでいるようだ。うちの父上はおぬしの父上を親友だと思っている」

「ふうん」

「何を今さら不思議そうな顔をする」

「うちの父上は、家ではあまり喋らぬ人ゆえ、何を考えているのか倅のおれでもわからぬ。そうか、龍之進の父上には気を許しているのだな。それは嬉しい。どうだ、おぬしの父上は初孫の誕生を心待ちにしておるご様子か」

「多分」

「気のない返事だな」

「おぬしの父上はどうだった」

「娘が赤ん坊の頃は見向きもしなかった。深川の妾《めかけ》の所へ通うのに忙しかったせいだろう」

「そういう人がいたのか」

龍之進にとっては初耳だった。

「知らなかったのか。ほれ、髪結いの伊三次の女房とは深川で一、二を争う芸者同士だったのよ。相手は今でも深川にいるが、お座敷には滅多に出なくなり、代わりに三味線の指南をして喰っているという話だ」

「相手は芸者なのか。どこで知り合ったんだろうな。お務めの途中でだろうか」

「いや、違う。相手の女は、昔、うちの家の下男をしていた男の娘だったのよ。祖母に反対されて女のほうから身を引いたらしい。父上は諦め切れずに後を追い掛けたという訳よ」

複雑な事情に龍之進は、つかの間、言葉に窮《きゅう》した。

「母上と祝言を挙げ、子供が三人生まれても父上は関係を断つことができなかった。母上は悋気（嫉妬）のあまり、怪しげな宗教に嵌《はま》るし、昔のわが家はいやになるほど暗かったものだ」

鉈五郎は自分の家の事情を淡々と語った。

侘助の女中が小さな七厘《しちりん》を運んで来て、二人の間に置いた。ほどなく、ぐつぐつと音を立てているねぎま鍋が運ばれて来た。鮪の身は濃い赤色をしているが、火を通すと、ほんのり薄紅色に変わる。薄い醤油だしで味つけされていた。口に入れると身がほろほろと崩れてこたえられない味だ。

「こういうものは家では喰えんな」

龍之進は、はふはふと頬張りながら言う。

「生臭くねェか」

銘五郎は確かめるように訊く。

「全然。うまいぞ。おぬしも喰え」

「そうか」

おそるおそるという感じで銘五郎は口へ運ぶ。これなら喰えると応えたので龍之進は安心した。銘五郎は結構、好き嫌いの多い男だった。

「で、おぬしの父上は、今でも深川の芸者と続いているのか」

龍之進は気になって訊く。

「どうだろうな。家を空けることもなくなったし、務めを終えれば早々に帰宅して、娘達に絵本を読んでやったりしているぜ」

「やはり、孫は可愛いのだな。孫が生まれて、おぬしの家の雰囲気も大いに変わったようだ」

「ああ、変わった。皆、みゆきのお蔭だ」

銘五郎は妻の名を出した。

「みゆきさんは、いい奥様だ。よく笑う人で、こちらも愉快になる」

龍之進は持ち上げるように言った。銘五郎のような皮肉屋の男によく嫁《とつ》ぐ気になったものだと、内心では思っていたが。

「うちの奴は笑い上戸《じょうご》なのよ。母親が早くに死に、三人の弟達と父親の世話に明け暮れていて、笑えることなんてそれほどなかったはずなのによ」

「笑っていやなことを吹き飛ばしていたということか。大した人だ」

龍之進はお世辞でもなく感心した。

「おれと一緒になる頃は、二十歳を過ぎていて、世間から行き後れと陰口を叩かれておった」

「誰がおぬしとみゆきさんの仲をとり持ったのよ」

「左内《さない》の姉上だ」

「政江《まさえ》さんか」

「ああ」

例繰《れいく》り方《かた》同心をしている西尾《にしお》左内も龍之進の朋輩の一人である。左内の姉の政江は南町奉行所に務める滝川広之助《たきがわこうのすけ》の許へ嫁いだが、労咳《ろうがい》を患《わずら》い、実家で闘病生活を続けていたことがあった。

「政江さんは病《やまい》を得て、かれこれ三年ほど実家で養生していたな。本復《ほんぷく》するとは、正直、思っていなかった。一時は病を理由に滝川殿と離縁するところまで行ったからな」

昔のことを思い出し、龍之進はしみじみした口調になった。

「今じゃ丸々と肥《こ》えて、以前とは別人のようだぜ」

「それじゃ、政江さんが左内の家で養生していた頃におぬしはみゆきさんと知り合ったのか？」

「ああ。挨拶をする程度で、特に親しい話をする訳でもなかったがな。みゆきの実家は左内の家の近所だった。みゆきは時々顔を出して、左内の姉上の話し相手をしていたのよ」

みゆきの父親も北町奉行所で例繰り方同心を務めており、岡崎町《おかざきちょう》の組屋敷に居を構えていた。政江は一家の母親代わりとして働くみゆきを不憫に思っていたという。鉈五郎と同い年なので、その頃でも十六歳になっており、そろそろ縁談が囁かれる年だった。だが、縦《たて》の物を横にもしない父親と育ち盛りの弟達を抱え、それどころではなかったのだ。

ようやくみゆきの母親の妹が後添《のちぞ》えに入ることが決まり、みゆきも肩の荷が下りたが、もはや二十歳を過ぎ、ふさわしい縁談からも遠退《とおの》いていた。そんな時、たまたま左内の家を訪れた鉈五郎に政江はみゆきと一緒になる気はないかと訊いて来たという。その頃は政江も本復して滝川家に戻っていたが、到来物《とうらいもの》などがあれば、時々、実家に顔を出していたのだ。

「おぬしはすぐに承知したのか」

龍之進は新たに注文した酒を銕五郎の猪口《ちょこ》に注ぎながら訊く。

「いや。年がなあ、ちょっと行っているので、どんなものかと思ったのよ。だが、左内の姉上は、みゆきがおれに気があると言った。正直、驚いた。おれは女の気を惹くような男じゃねェし」

「まずな」

「……」

「いや、話の流れだ。気を悪くするな」

龍之進は慌ててとり繕った。銕五郎は、唇の隅を少し歪《ゆが》めて苦笑した。

「左内の姉上の手前、無視することもできず、一度だけ縁日《えんにち》に誘って、その帰りに汁粉《しるこ》屋《や》へ寄った」

「へえ」

「おれと一緒にいるのが嬉しくてたまらないという顔をしていた。おれの冗談に大袈裟《おおげさ》なほど笑ってくれた。おれは次第に妙な気分になった。この先、おれと一緒にいて、これほど笑う女は他にいるだろうかと思った。恐らくいないだろう。だから……決めた」

「ご両親は賛成されたのか」

「お前が気に入ったのなら、それでよいと、二人とも言った。それで、とんとん拍子に話が進んだ」

「政江さんのお蔭だな」

「ああ」

「しかし、祝言の時のおぬしは仏頂面《ぶっちょうづら》だったぞ。おれは無理やり縁談を承知したのかと心配していたものよ」

龍之進は、その時のことを思い出して言う。

「なに、照れだ」

「そうか、照れていたのか」

龍之進は愉快になり、声を上げて笑った。

ねぎま鍋は、ほとんど龍之進が一人で平らげたようなものだった。鉈五郎は好物の卵焼きと平目《ひらめ》の刺身に箸を伸ばしただけだった。

「おっと、肝腎な話を忘れるところだった」

ひとしきり身の上話が済むと、鉈五郎は思い出したように奇妙な鳥のことを持ち出した。

「以津真天《いつまでん》という鳥の名を聞いたことがあるか?」

鉈五郎は少し真顔になって続ける。

「以津真天? いや、初めて聞く」

「顔が人で、嘴《くちばし》は曲り、歯は鋸《のこ》のようにぎざぎざで、身体は蛇みてェに長く、両足の爪も剣のように鋭い。翼《つばさ》は拡げると一丈六尺（約四・八メートル）もあるそうだ」

「鵺《ぬえ》とは違うのか」

鵺は、頭は猿、身体は狸、尾は蛇、鳴き声はとらつぐみに似ているという想像上の動物である。

銃五郎は、鵺とは違うと言った。

以津真天らしき怪鳥の記述は『太平記《たいへいき》』にあるそうだ。

建武《けんむ》元年（一三三四）の秋、京では疫病《えきびょう》が流行し、死者が多く出た。以津真天は毎夜のように紫宸殿《ししんでん》の上に現れ「いつまで、いつまで」と聞こえる鳴き声を上げたという。

「それで以津真天なのか」

「いや、太平記には以津真天とは書かれていなかったらしい。鳥山石燕《とりやませきえん》という絵師が太平記の怪鳥の話をもとに『今昔画図続百鬼《こんじゃくがずぞくひゃっき》』という妖怪画集の中に描いたのよ。だから、以津真天というのは鳥山の命名よ」

「それも想像上の鳥に過ぎないんだろ？」

「太平記には弓の名人の隠岐次郎左衛門広有《おきじろうざえもんひろあり》という男が見事、その怪鳥を射止めたとあるそうだ。何百年も前の話だから真偽《しんぎ》のほどはわからぬ」

「しかし、江戸の市中で姿を見た者は以津真天だと言っているんだろ？　やはり、いつまでいつまでと鳴いたのか？」

「人は時に自分に都合のよいこじつけをする。仏法僧《ぶっぽうそう》という鳥は、鳴き声がそう聞こえるところから霊鳥と奉《たてまつ》っているじゃねェか」

「ふくろうはゴロスケホーホーと鳴くから、それが転じて、ぼろ着て奉公とも言うな」

そう言うと、鉈五郎は愉快そうに顎を上げて笑った。だが、すぐに真顔に戻り、以津真天は世情不安の表《あらわ》れだと思う、とぽつりと言った。

「世情不安？」

「ああ。表向きは泰平《たいへい》の世だが、ご公儀《こうぎ》の財政は苦しい。それには大奥の掛かりも影響していると思う。上様は艶福家《えんぷくか》であらせられるから側室を何十人もお持ちだ。子女《しじょ》も五十人は下るまい。その一人びとりに安くない金が掛かるとなれば百姓の年貢《ねんぐ》も高いままだ。お城の富士見櫓の上で以津真天が、いつまでいつまでと鳴く理由も何んとなく腑《ふ》に落ちるというものだ。ご公儀ばかりではない。おぬしの妹が奉公している蝦夷松前藩も世継ぎ問題で揉めているらしい。以津真天は、いつまでそんなことを続けるのだと鳴いているのよ」

幕府や大名家を批判するのは畏れ多いことだが、鉈五郎は意に介するふうもなく語った。龍之進も敢えて異を唱える気にならなかった。所詮、酒の席での与太話である。

いつまでいつまでと鳴く以津真天は何んらかの警告を与えているのかも知れない。ねぎま鍋で温まったのもつかの間、龍之進は冷えびえした気持ちに陥《おちい》っていた。

ぽつりぽつりとやって来た客は、飯台の前の腰掛けに座り、うっそりと酒を飲んでいる。

その丸められた背中が、やけに侘《わび》しく見える。風はまだやみそうになかった。

三

以津真天という怪鳥が現れたのは鉈五郎が言っていたように世情不安の表れだろうか。龍之進はそれからしばらく、以津真天のことが気になっていた。

鉈五郎は龍之進の妹の茜が奉公している松前藩の上屋敷の屋根にもとまっていたと言っていた。松前藩は世継ぎ問題で揉めているらしい。世継ぎ問題はどこの藩にも少なからずあるとは言え、松前藩では、ことのほか問題となっているようだ。一説には代々の藩主の家系に病弱な人間が多いせいだという。どれほど英明な人間でも身体が病弱では藩主としてふさわしくない。そのために藩内の意見が纏まらないのは町方役人の龍之進にも察しがつく。だから以津真天は松前藩の上屋敷の屋根で鳴いていたのか。ただ、例繰り方同心の西尾左内の話によれば、妖怪関係の文献では戦《いくさ》や飢饉《ききん》で亡くなった死体が葬られずに野晒《のざら》しになっていた時、以津真天はその死体の傍にとまって鳴いたという。つまり、死体をいつまで放っておくのかという意味とも考えられる。とすれば、以津真天は無念の内に死んだ者達の魂の化身という解釈もできると左内は語った。左内は疑問が生じると徹底的に調べなければ気が済まない男である。そのために仕事もそっちのけで夢中になることもあった。

本来、例繰り方は、ひとつ事件が起きると、過去の事例に当たり、罪を犯した者の情況から刑の擬《ぎ》案《あん》を作成する部署である。奉行はそれを参考にお白洲《しらす》で適切な裁《さば》きを行なうのである。過去の事例に当たると言っても、昔の事件がすべて今と同じようにできるとは限らない。法令は時代とともに少しずつ変わっているからだ。擬案の作成については何日も会議を開いて検討する。当然、以津真天のことばかりに関わってはいられない。だが、左内は上司の嫌味に頓着することなく、聞き込みをする銑五郎のために骨を折ったのだ。

今は死体が野晒しにされたままの時代ではないし、飢饉の噂もここ数年は聞いていない。

以津真天が現れた理由はもっと他にありそうな気もした。

近頃届いた茜の手紙によれば、茜は下谷・新寺町の上屋敷から本所・緑町の下屋敷へ移されたそうだ。藩の意向で家臣があちこちへ振り分けられるのはよく聞くことだが、もしや、松前藩の世継ぎ問題と関わりがあってのことなのかと龍之進は心配になる。藩の中には当然、派閥なるものもあろう。茜がそれに翻弄《ほんろう》される恐れもないとは言えない。

見掛けは男まさりの茜だが、龍之進にとっては、たった一人の妹である。可愛くない訳がない。

　家では我儘勝手に振る舞っていても、奉公するとなったら、それは許されない。手紙には、家に帰りたいなどと泣き言は洩らしていなかったが、それでも我慢を強《し》いられることは多いだろう。まだ十八歳の娘である。藩の様々な思惑にうまく対処できるとも思えない。不憫な思いが募《つの》る。両親は茜について何も言わなかったが、龍之進と同じ気持ちでいるのは間違いないと思う。

　恙なく奉公が続くことを龍之進は祈らずにいられなかった。

　以津真天の噂は奉行所でも評判になっていたが、吟味《ぎんみ》方《かた》与力の片岡監物《かたおかけんもつ》は、怪鳥が鳴くぐらいで他に大きな事件もなく、いや結構なことだと、のどかなことを言って龍之進と朋輩達の苦笑を誘っていた。

　確かに押し込みだの、辻斬《つじぎ》りだの、人々を震撼させる事件は起きていなかったが、米価は下落して武士や百姓は痛手を蒙《こうむ》っていた。

　また、銭価も下落し、江戸への銭回送に制限が加えられているとも聞く。こうした経済的打撃は以津真天だけでなく、魑魅魍魎《ちみもうりよう》が出現するなど怪奇な噂話が流行する要因になる。

　それを世情不安と言わずして何んと言うのだろうか。

しかし、世の中に何が起ころうと人々の暮らしは続く。龍之進も身重の妻を抱えて、毎日、奉行所での仕事をこなすことに変わりはなかった。

冷たい木枯らしが吹きつけた日々も長くは続かず、月の半ばになるとよい天気に恵まれるようになった。

髪結い伊三次の女房のお文は、娘のお吉と一緒に北島町で買い物をしてから、玉子屋《たまごや》新道《しんみち》の家に戻ろうとしていた。菓子の好きな伊三次のために菓子屋へ寄って豆大福なども買った。

「お父っつぁん、喜ぶね」

お吉はうきうきした表情で言う。近頃は背丈も伸び、もうすぐお文を超えるだろう。一重瞼《ひとえまぶた》の涼しげな眼をしているが、女の子にしては眉が猛々《たけだけ》しい。丸い鼻に愛嬌はあるが、口が少し大きく、笑うと歯茎まで見える。全体に器量はもうひとつである。お吉が芸者ではなく、女髪結いになりたいと言ったのは自分の器量を承知していたからだろう。地蔵橋《じぞうばし》の手習所へ通っていた頃、同じく手習いに通っていた悪たれ坊主に「へちゃむくれ」だの「おへちゃ」などと悪口を言われ、泣いて帰って来たことがあった。また、近所の女房達から、おっ母さんと、ちっとも似ていないねえと言われ、ぷんぷん膨《ふく》れたこともあった。

しかし、お吉が傍にいることでお文が慰められているのは確かだ。娘がいるのはいいものである。器量はもうひとつでも細身の姿はきれいだ。年頃になれば、それなりに色香が備わるだろうと、親の欲目でもなくお文は思っていた。

「お父っつぁんは昔から酒よりも菓子を好む人だったからねえ。喜ぶよ」

お文は笑顔で相槌を打った。買い物籠の中には他に茶の葉だの、海苔《のり》だの、桜紙だのが入っていた。お吉は炭町の伯父の十兵衛《じゅうべえ》が営む「梅床」で髪結い修業をしているが、その日は他に用事もなかったことから、早めに家に戻って来た。今夜、お座敷がないお文は散歩がてら買い物に行こうとお吉を誘ったのだ。

お吉が修業を始めてから、そういう機会も少なくなっていた。

「どうだえ、髪結い修業は」

歩きながらお文はさり気なく訊く。

「まあまあよ」

「何んだよ、まあまあって」

「修業中の弟子なんて、こんなものだろうと思っているだけ」

「………」

「あたし、毎日、伯母さんの髪を結ってあげてるの。するとね、横で伯父さんが、ああだこうだと指図するのよ」

「そりゃあ、伯父さんは髪結いの親方だから、身体が不自由になっても、指図ぐらいするだろうよ」

十兵衛は中風《ちゅうぶう》を患っているので、今は見世に出ておらず、寝たり起きたりの状態だった。

「毎日、同じことばかり言うのよ。おなごの頭は根《ね》が肝腎だって。根がぐずぐずだとどうにもならないって」

「その通りだよ」

「いい加減、耳に胼胝《たこ》ができるよ」

「弟子は親方に文句を言っちゃいけないよ」

「それはそうだけど」

「毎日、毎日、伯母さんの髪を結っている内に手が覚えるのさ。だけど、うまく結うだけじゃ足りないんだよ。その髪型がお客に気に入られなきゃ駄目さ。うまい髪結いだと、一度結うと、十日も形が崩れないんだよ」

「あたし、十日は無理。せいぜい三日ね」

「お客は十日もつ髪結いと三日で駄目になる髪結いとどちらを選ぶ?」

「そりゃあ十日に決まっているよ」

「十日もつ髪結いにおなり」

お文はきっぱりと言うと、歩みを進めた。

お吉は毎日、朝めしを食べると梅床へ出かける。お吉は日中、そこで掃除をしたり、客に茶を出したり、雑用をこなしながら髪結いの修業をしている。もちろん、まだ客の髪はやらせて貰えない。もっとも梅床は男の客のための髪結床だ。それでも伯母のお園《その》が自分の髪を結わせるのは、お吉が退屈しないようにと気を遣っているのだ。

それはお吉もよくわかっている。住み込みでなく、通いを許されているのもお吉はありがたいと思っている。家に戻れば女中のおふさもお吉に髪を結わせてくれる。おふさは上手、上手と褒めてくれる。だが、母親のお文は相変わらず、近所の女髪結いの家で髪を結い、お吉にはやらせてくれない。お文は芸者をしているので、お吉が結った頭ではお座敷に出られないらしい。お吉の腕はお文から見て、まだまだ不足があるのだろう。早くおっ母さんの髪を結わせて貰いたい。

お吉の当面の目標はそれだった。

水谷町《みずたにちょう》に入ると、ちょうど「みよし屋」という花屋の前で、龍之進の妻のきいが仏壇に供える花を抱えて立っているのが見えた。

きいは不破家の先祖の月命日にはみよし屋に行って仏花を買っていた。水谷町は亀島町の組屋敷の近所なので、その日も一人で出て来たようだ。臨月を迎えたきいは歩くのも大変らしく肩で大きく息をついでいた。

「おっ母さん、若奥様がいらっしゃるよ」

お吉はきいに気づくとお文に教えた。

「そうだねえ。まあ、大きなお腹だこと」

お文も驚いた声になる。

「今にも破裂しそうだね」

お吉はそう言ったが、お文はそのまま黙った。じっときいを見つめている。

「どうしたの、おっ母さん」

お吉が怪訝そうに訊くと、お文は買い物籠をお吉に押しつけ、いきなり走り出した。

「待って、おっ母さん。どうしたって言うの？」

訳がわからず、お吉はお文の背中に呼び掛けたが、お文は振り向きもしなかった。お文はきいに近づき、抱えていた花を邪魔だと言わんばかりに奪い取った。それから
みよし屋の中へ、小父《おじ》さん、小父さん、戸板《といた》を用意しておくれ、と叫んだ。

みよし屋の年寄りの主《あるじ》が慌てて外へ出て来た。きいを見て、こいつは大変だと言う。

お文は傍に行ったお吉に花の束を押しつけた。

きいは真っ青な顔でそのまま突っ立っていたが、足許は濡れ、地面に黒いシミができていた。おもらしをしたのかとお吉は思った。

だが、おもらしでお文がこれほど慌てる訳はないと、すぐに気づいた。みよし屋の主

は裏の大工職人の家に声を掛け、ほどなく戸板が運ばれて来た。大工職人は仕事で出かけていたので、代わりに女房と近所の女房達が二人やって来た。

戸板にきいを乗せ、みよし屋の主、お文、大工職人の女房と、近所の女房達の五人掛かりで亀島町の組屋敷へ運んだ。きいは腹を抱え、ずっと呻《うめ》いていた。お吉も訳がわからないまま、後をついて行った。

それから不破家は大騒ぎとなった。下男の三保蔵は産婆のおとしを呼びに行き、女中のおたつは大鍋で湯を沸かし始めた。その間、お吉は所在なく、勝手口の近くでうろうろするばかりだった。

きいを部屋に運ぶと、お文はようやくお吉の前に現れた。

「若奥様が産気づいたんだよ。わっちはお手伝いするから、お前は先に帰って、おふさにそうお言い。いつ帰れるかわからないから、先に晩ごはんは食べてていいからね。ああ、お父っつぁんにもそうお言い」

お文はてきぱきと指図する。

「わかった。このお花、どうするの?」

お吉は花の始末に困っていた。お文はそれを乱暴に取り上げると、台所の板の間に放った。花なんて、この際、どうでもいいという感じだった。おっ母さんも動転している。

お吉はそう思った。そんな母親を見るのも初めてだった。奥の部屋から獣《けだもの》じみた悲鳴が聞こえた。お吉は、びくっと身体を震わせた。

「早くお帰り」

お文は甲走《かんばし》った声でお吉に言った。

踵を返して勝手口から外へ出ると、下男の三保蔵と産婆のおとしが荒い息をして駆けつけて来た。お吉はおとしに、こくりと頭を下げたが、おとしはお吉の姿など眼に入らなかったらしく、そのまま中へ入った。

「おたつさん、若奥様が破水《はすい》したって？」

おとしは大声でおたつに訊く。

「そうなんですよ。幸い、お文さんが通り掛かって、ここまで運んでいただいたんですよ」

「それで若奥様のご様子はどうですか」

「痛みが始まって呻いておりますよ」

「さあ、大変だ。縄は下げたかえ？」

「ええ。奥様とお文さんが梁《はり》に下げました」

座産で行なわれるので、妊婦は上から吊るした縄や藁束《わらたば》に縋って出産するのである。

また、きいの悲鳴が聞こえた。お吉は恐ろしい気持ちで玉子屋新道の家に向かった。

四

その日、龍之進は大伝馬町の裏店で小火《ぼや》が起きたので、朋輩の橋口譲之進《はしぐちじょうのしん》とともに取り調べに向かった。仕事にあぶれた独り暮らしの左官職人が朝から酒を飲み、酔った拍子に火鉢を引っ繰り返したらしい。幸い、風もなく、近所の女房がすぐに気づいたので、大事には至らなかった。だが、男の住まいは畳が二畳ほど駄目になった。事情を聞こうにも酔って呂律《ろれつ》が回らず、仕方なく、近くの自身番に連行して奥の板の間に放り入れ、酔いが醒《さ》めるのを待つしかなかった。後のことは土地の御用聞きに任せ、龍之進は裏店の近くの商家に火の用心に抜かりがないようにと触《ふ》れ廻った。

「何んだって朝から飲まなきゃならねェのか」

奉行所へ戻る道々、譲之進は苦々しい表情で言う。

「仕事にあぶれ、女房もいないとなれば、酒でも飲むよりほかはなかったんでしょう」

「だからって、小火を起こしちゃ、どうしようもねェ。この間のような大風の日だったら、大火になっていたぜ」

「全くですね」

「ああ、恐ろしい」

譲之進は大袈裟でもなく身震いする。

「今年の霜月は三《さん》の酉《とり》までありますから、特に気をつけなければなりませんね」

龍之進はそんなことを言う。三の酉がある年は昔から火事が多いと言われている。

「年寄りみてェなことを言うのう。迷信だ。三の酉だろうが、何んだろうが、油断すれば火事になるものだ」

「まあ、そうですが」

鉈五郎は相変わらず妙な鳥を追い掛けているが、まだ、けりがつかんのかのう」

譲之進は、ふと思い出したように言う。

「以津真天ですね」

「ほう、知っていたのか」

譲之進は意外そうな顔になった。

「鉈五郎とこの間一緒に飲んだ時、教えて貰いました」

「何んだ、何んだ。二人でこっそり飲んだのか？　おれを誘ってくれたらいいものを」

譲之進は恨めし気に言う。

「たまたまそういうことになっただけで、約束していたことじゃないですから」

龍之進は取り繕うような言い訳をした。

「昔は何かって言うと、皆で集まって騒いだものだ。年を取るごとにそういうこともなくなる。寂しい限りよ」

「じゃあ、帰りに一杯どうですか」

「おお。望むところだ」

譲之進は嬉しそうに白い歯を見せた。飲み代の掛かりは気になるが、たまには譲之進とも飲んで、務めのあれこれを話し合いたい気持ちもあった。

しかし、呉服橋御門《ごふくばしごもん》まで来た時、中間の和助の姿が見えた。和助は龍之進を待ち構えていた様子も感じられた。和助は龍之進に気づくと慌てて傍にやって来て、若奥様のお産が始まりました、と早口に言った。

「何、始まったとな?」

「へい。大層、お苦しみのご様子で、手前は奥様から迎えに行くように言われました」

「早く行ってやれ。後のことはおれが伝えておく」

譲之進もすぐに言った。

「すみません。飲むのはこの次ということで」

龍之進はぺこりと頭を下げ、そのまま、八丁堀へ向かった。

「急に産気づいたのか」

小走りに歩きながら龍之進は和助に訊いた。

「野郎の手前に詳しいことはわかりませんが、若奥様は買い物に出た途中で破水されたとか」

破水とはいかなるものか、龍之進にもちょっと理解が及ばなかったが、差し迫った事態であることは間違いないだろう。龍之進は緊張した。

家に着いた途端、奥の方から穏やかならざる声が聞こえた。

「おお、帰って来たか」

父親の不破友之進はひと足先に帰っていたようで、玄関に顔を出した。

「もう、生まれますか」

「まだまだだ。やはり腹の子がでかくて、産婆も往生しているらしい」

「大丈夫でしょうか」

「わからん」

不破は心細い表情で応えた。

茶の間に母親のいなみの姿はなかった。きいにつき添っているらしい。台所へ行くと、おたつが大桶《おおおけ》ににぎりめしを並べていた。

「お帰りなさいまし」

おたつは手を動かしながら言う。

「晩めしはにぎりめしか」

「さようでございます。長丁場《ながちょうば》になりそうですので、お腹が空いた時はつまんで下さいました」

そのひとつをつまんで口に入れながら、うちの奴は腹が空いておらんか、と訊いた。

「それどころではございませんよ。でも、少し召し上がれば、力も出ますでしょうに」

おたつはため息交じりに言う。そこへ産婆のおとしが奥の部屋から出て来ると、流しへ向かい、水瓶《みずがめ》から柄杓《ひしゃく》で水を汲み、ごくごくと飲んだ。

「おとしさん、うちの奴は大丈夫ですか」

龍之進はおとしに訊いた。振り向いたおとしは、呼吸がうまく行かないんですよ、と応えた。

「呼吸？」

「ええ。痛みが頂点に来た時にいきめばよろしいのですが、若奥様は余計なところでいきんでしまいます。これじゃ、うまく行きませんよ」

おとしは弱った表情で言った。おとしが部屋に戻ると、今度はお文が出て来た。

「お文さんもいらしていたんですか」

「若旦那、お文さんがいらっしゃらなかったら、もっと大変なことになっておりましたよ」

横でおたつが口を挟んだ。それはどういうことかと訊ねようとしたが、お文もまた柄杓の水を、喉を鳴らして飲むと、ものも言わずに奥へ引っ込んだ。

不破は台所と茶の間を行ったり来たりして落ち着かない。

「父上、うろうろしないで下さい」

龍之進は癇を立てた。

「だってよう、あんなでかい声を出して、可哀想じゃねェか。よほど苦しいのよ。できれば代わってやりてェよ」

「それはおれも同じです」

「男なんて、こんな時、何んの役にも立たねェものだの」

不破の言葉に龍之進はため息をつく。ため息なんざ、つくな、と不破が怒鳴った。

「お静かに！」

いなみの声が聞こえた。その時、玄関から「ごめん」と訪《おとな》いを告げる声が聞こえた。こんな時に誰だ。龍之進は腹を立てながら出て行くと、きいの弟の笹岡小平太が立っていた。

「橋口さんから事情を聞きました。おいら、いても立ってもいられなくて」

切羽詰まった表情で小平太は言う。

「おう、上がれ、上がれ。まだ時間は掛かるがな」

「そいじゃ、お邪魔します」

何んの役に立たなくても、知った顔が傍にいるのは心強い。龍之進は喜んで小平太を中へ招じ入れた。

　小平太はきいがいる奥の部屋の襖をじっと見て、てけてけ、踏ん張れと声を掛けた。その拍子にきいの悲鳴は高くなった。小平太はきいを昔からてけてけと呼んでいた。五つ（午後八時頃）を過ぎても子供が生まれる気配はなかった。おとしの「いきんで、いきんで」という掛け声が空しく続いた。

　額に汗を浮かべたいなみが出て来て、きいさんの気力がなくなっております、松浦《まつうら》先生をお呼びしたほうがいいのでは、と誰にともなく言った。松浦先生とは町内の町医者のことだった。

「母上、気力がなくなっているとはどういうことですか」

　龍之進は声を荒らげた。

「縄にとり縋る元気もないのです」

「くそッ！」

　龍之進は吼《ほ》えると、羽織を脱ぎ、おたつに向かって、襷《たすき》を貸して下さいと言った。

「どうすると？」

　いなみは怪訝な顔で訊いた。

「おれが後ろから支えます。おれの腕に摑まらせて……」

「殿方がお産に立ち会うなど、なりませぬ」

いなみはすぐに言った。

「しかし、松浦先生にお願いしたところで、うまく行くとは思いませぬ。きいはおれの妻です。生まれるのはおれの子です」

龍之進はそう言うと、おたつに襷を外させ、それで袖を括った。それから流しで手を洗うと、にぎりめしをひとつ持ち、奥の間へ入った。おとしとお文はもちろん、驚いた表情になった。おとしは、若旦那は向こうでお待ち下さい、男の見るものではありません、といなみと同じことを言った。

「黙って待っていられないから介添えに来たのだ。赤ん坊一匹取り上げるのに何刻《なんどき》掛かるのだ。それでも産婆か」

龍之進が一喝《いっかつ》すると、おとしは悔しそうに唇を嚙んだが、それ以上、何も言わなかった。

きいはへなへなになっていた。見るからに憐れな表情だった。髪はざんばらになり、はだけた胸から、はち切れそうな乳房が露わになっていた。龍之進はきいの後ろへ回った。

「しっかりしろ。さあ、にぎりめしを喰え。さすれば力が出る」

ちぎったにぎりめしをきいの口に入れてやると、きいはいやいやながら食べた。だが、すぐに痛みに見舞われ、顔をしかめる。

「ごめんなさい、許して。あたしは意気地なしだから。いつまで、こんなことが続くのかしら。どうしてこんな目に遭わなきゃならないの？　あたしが何をしたって言うの？よう、若旦那、応えてよ。あんたは何も苦しんじゃいない。不公平だ」

きいの口調は次第に悪態めく。いつまでと言ったきいの言葉がこつんと龍之進の胸に響いた。

生まれては死に、死んでは生まれる命。飽くことなく続く生の営み。いつまで、いつまで。すると、以津真天がこの世に現れた理由が死者のためでなく、これから生まれる者のためでもあるかとも思えてくる。そうだ、きっとそうだ。不浄に満ちた世界であるが、心して生きよと以津真天は告げているのだ。

「それだけの口を利けるんだから大丈夫だ。この際、何んでもおっしゃいまし」

だがお文は龍之進の思惑など意に介するふうもなく景気をつけた。きいはそれに悲鳴で応えた。

「貴様、柳原《やなぎはら》の土手を走ることができても、子が産めぬと言うのか。情けない。それでも武士の妻か」

龍之進はきいを叱りつけて、自分の手首にきいの手を摑まらせた。きいは必死の形相で摑まった。

「息を吐け。思い切り吐け！」

お産の手順など龍之進はひとつも知らなかったが、剣術でも呼吸が大事ということはわかっている。息を吐けば身体の無駄な力が抜けると思った。それが功を奏したのか、おとしが「頭が見えましたよう」と、声を上げた。

「さあ、もうひと踏ん張りだ。産み落とせば、痛みなんてすぐに消える」

お文も励ます。いなみはすでに涙ぐみながら、がんばって、がんばってと繰り返した。きいがひと際高く、叫んだ途端、龍之進の眼に赤紫色をした肉の塊《かたまり》が見えた。おとしはそれをずるりと引き出す。赤ん坊は、ごほっと咳き込んだ後、激しい産声を上げた。

「おたつさん、お湯の用意はいいかえ? 生まれましたよう。立派な坊ちゃんだ」

おとしの声に、おたつは慌てて盥《たらい》に湯を入れる様子である。赤ん坊は泣き止まない。顔のあちこちに白いかすのようなものがついている。こんな顔で大丈夫なのかと龍之進は心配になった。

「さあ、若旦那。もはや若旦那のご用は済みましたよ。安心して、あちらの部屋にお下がり下さいまし」

お文が笑顔で促したので、龍之進はようやく部屋を出た。すぐに小平太と視線が合った。

「義兄上《あにうえ》、おめでとうございます」

「うむ」

「おいらも叔父さんになりました」

「うむ」

「不破さん、本日からお祖父ちゃんですね」

小平太は傍《かたわ》らの不破に悪戯っぽい表情で言う。いつもは軽口が返って来るのに、龍之進と同様に、うむ、としか応えなかった。

産湯を使う赤ん坊を三人の男達はじっと見つめる。紫がかった肌は次第に明るい色に変わった。おとしは、いい子ちゃんですねえ、ほら、気持ちがいいですねえ、とあやした。

それから産着に包まれた赤ん坊をきいの枕許へ運び、めでたく母子の対面となった。

「さあ、旦那さん達もどうぞ」

おとしはお産の後始末をつけると男達を奥の間に招じ入れた。

きいは嬉しそうに笑っていた。さっきまで苦痛に歪んでいた顔が、うそのようだ。額には、いきんだために血管が切れたのか、赤いポツポツができている。二刻半（約五時間）も掛かった出産だったが、おとしに言わせると、それも安産の内に入るという。

男達は代わるがわる赤ん坊を抱かせて貰った。龍之進は正直、あまり可愛いとは思えなかった。周りの者が父親になった気分はどうだという表情をしていたので照れ臭くもあった。小平太は危なっかしい手つきで抱き上げたが、おっかねェと言って、すぐに不破へ預けた。

不破は赤ん坊を見つめ、しばらく黙っていた。心なしか眼が潤んでいる。

「旦那、何かお言葉を掛けて下さいまし」

お文が勧めると、不破は決心を固めたように、ひとつ大きく息を吐いた。

「ようこそ不破家へ。皆々、お待ち申しておりました。これからは恙なく成長されますことを、不破、心よりお願い申し上げる次第に存じまする」

芝居掛かった台詞《せりふ》は、普段なら苦笑を誘うはずなのに、誰も笑う者はいなかった。本当に誰もが望んでいた子供の誕生だった。

生まれたばかりの赤ん坊はようやく泣き止み、唇を舌でぺろぺろと舐《な》めていた。

「さあて、おっぱいを飲んでいただきましょうかねえ。若旦那、おついでに若奥様のおっぱいを揉んで下さいまし」

「ええっ？」

龍之進はうろたえた。

「お産に立ち会ったのですから、それぐらいなさってもよろしいでしょう？　たくさんおっぱいが出るためですよ。ああ、乳首は特に念入りにお願いしますよ」

おとしは龍之進に一喝されたお返しとばかりに言った。

「そ、それは勘弁して下さい」

龍之進は顔を真っ赤にして言う。きいも恥ずかしそうに俯いた。

「あら、そうですか。いつものことじゃありませんか」

おとしは、しゃらりと言う。

「おとしさん、若旦那が困っていらっしゃいますよ。それはもう、よろしいじゃありませんか。さて、若旦那、若奥様。本日は本当におめでとうございます。わっちはおとしさんのおっ母さんに子供達を取り上げていただきました。おとしさんのおっ母さんは、子供を産んだ母親に必ず、預かりものの、授かりものだよ、とおっしゃったものです。その子は不破様の跡取りだけじゃなく、いずれは奉行所の同心となるべく宿命《さだめ》を背負って生まれて来たんですよ。そのことを肝に銘じて、どうぞ、大事に育てて下さいまし」

お文は龍之進に助け船を出すだけでなく、その場を纏めた。きいは涙ぐみながら深く肯いた。

不破は、そんなきいに赤ん坊を戻した。

きいはじっと赤ん坊を見つめる。滅法界もなく倖《しあわ》せな表情だった。

朝まだき、亀島町河岸の通りを伊三次は歩いていた。町木戸が開く時刻より小半刻《こはんとき》（約三十分）も早い。顔なじみの木戸番は、やけに早いじゃねェですか、と怪訝そうに言った。

不破様の所でお産が始まったと聞いたが、生まれたのかどうか、とんとわからねェ、ヤサ（家）にいても気になるから早めに出て来たのよ、と応えた。

木戸番はそういうことならと、木戸を通してくれた。通り過ぎる人もいない。提灯の灯りがぼんやりと足許を照らしているが、心細い気分だった。雪駄の底についている金具が、やけにちゃらちゃらと耳に響く。お文が帰って来ないのも気懸りだった。

ふっと悪い想像も頭をもたげるが、いやいや、今度こそは大丈夫だと、自分で自分に言い聞かす。きいは一度、流産している。またも子が駄目になるなら、神も仏もありゃしない。伊三次は奥歯を噛み締めて思った。寒さが身に滲みる。着物の上に綿入れ半纏を重ねているが、足許から冷たい風が這《は》い上《のぼ》る。

ぶるっと身体を震わせた時、どこからか鳥の鳴き声が聞こえた。からすとも違うし、ひよどりとも違う。ゲッケン、ゲッケンと突っ掛かるような鳴き声だった。怪訝な思いで伊三次は空を仰いだ。群青色の空は、やや明るさが増しているようにも思えるが、星が瞬《またた》き、夜を引きずっていた。暗いので鳥の姿を見つけることはできなかった。気のせいだろうか、ゲッケンが、その内に「いつまで」とも聞こえる。

いつまで、いつまで、お前は髪結いをしているのか。いつまで、いつまで、あくせく働くつもりなのかと問われているようだった。

「へい。手前は髪結いしかできねェ男で、他に取り柄《え》はござんせん。足腰が達者な内は、髪結いの仕事を続けるつもりですよ。はばかり様でござんす」

独り言のように呟くと、ばたばたと翼のはためく音がした。その音は存外に大きかった。

二丈（約六メートル）もあろうかと思われる黒い影が伊三次の頭上を横切り、東の空へ向かって去って行った。あんな大きな鳥がこの世にいるのだろうか。いや、それは本当に鳥だったのか、はたまた得体の知れない獣だったのか。伊三次にはわからなかった。

だが、不思議に不吉な予感はしなかった。

きっと、間もなく伊三次はめでたい知らせを聞くことだろう。そんな気がしてならない。

商売道具の入った台箱《だいばこ》を持ち直し、伊三次は亀島町の組屋敷へ足早に向かった。夜明けは近い。

単行本　二〇一三年十一月　文藝春秋刊

文春文庫

名《な》もなき日々《ひび》を
髪結《かみゆ》い伊三次《いさじ》捕物《とりもの》余話《よわ》

定価はカバーに
表示してあります

2016年1月10日　第1刷

著　者　宇江佐真理《うえざまり》
発行者　飯窪成幸
発行所　株式会社　文藝春秋

東京都千代田区紀尾井町 3-23　〒102-8008
TEL 03・3265・1211
文藝春秋ホームページ　http://www.bunshun.co.jp
落丁、乱丁本は、お手数ですが小社製作部宛お送り下さい。送料小社負担でお取替致します。

印刷・凸版印刷　製本・加藤製本
Printed in Japan
ISBN978-4-16-790543-9